황송문 시집
黃松文 詩集

적조현상

赤潮現象

황송문 시집
黃松文 詩集

적조현상

赤潮現象

국학자료원

머리말

하지가 가까워오고 있다. 여름 하지하면 하지감자 생각이 난다. 독한 보라색 하지감자처럼 60년 전 6.25는 독하고 잔인했다. 대학에서 강의 도중 6.25가 언제 일어났느냐고 물었을 때 아는 학생이 하나도 없었다. 올해가 단군기원 4343년이라는 것조차 아는 학생이 하나도 없었다. 나는 그 자리에서 분신자살이라도 하고 싶었다.

마음은 소년이고 청년인데 몸이 늙었다. 늙었다는 말은 인생이라는 바둑을 거의 다 두었다는 얘기다. 바둑을 다 두게 되면 통속으로 들어갈 일만 남았다. 그 통 속으로 들어가기 전에 할 일이 있다면 그건 집나기다. 한 집이 아니면 반집이라도 더 내야 한다.

평생을 경작한 글 농사가 풍작이 못되면 평년작이라도 돼야 한다. 어떻게 해서든지 흉작은 면해야 한다. 느슨하게 있다가 갑자기 이 시집을 내기로 하는 것도 반집이라도 집나기를 하기 위해서다. 그동안 명예교수라 해서 대학에 강의하랴, 디지털대학교에 녹화하랴, 10여 년 가까이 경작해온 『문학사계』지를 펴내느라고 정작 친자식에 해당되는 나의 살붙이, 시집은 내지 못하다가 200편이나 되는 두 권 분량의 시를 모았다. 하는 수 없이 한 권으로 내기로 했다. 나의 시집에게 미안할 따름이다.

사람들은 나더러 순수 시인이라고 하는가 하면, 순수와 참여가 섞여있다고도 하고, 순수에 참여가 조금 섞여 있다고도 한다. 나는 누가 뭐라고 해도 그 양면을 포용하고자 하는 사람이다. 그러면서도 6.25의 경험은 어쩔 수 없다. 전후세대는 그 세계를 인정하려 하지 않는다. 외면하거나 아예 눈을 감아버린다.

길어지려는 말을 이쯤에서 끊고자 한다. 잔소리의 나열은 나도 싫어하니까. 나는 유명하지도 않지만 나의 시를 진정으로 아끼고 사랑하는 사람들이 있어서 행복하다. 마지막 통속으로 들어갈 때까지는 나의 시를 읽는 분들을 위해서 기도처럼 시를 쓰고자 한다.

어려운 가운데에서도 이 열 두 번째 시집을 기꺼이 펴내어 주시는 정찬용 사장님께 감사하고, 이 탄생의 기쁨을 독자와 함께 나누고자 한다.

단기 4343년(서기 2010년) 6월 6일 현충일·망종에

황송문 적음.

| 차 례 |

1. 웃기는 시 울리는 시

3. 枕上의 詩 思索의 詩

7. 바람은 청보리 밭으로

1. 웃기는 시 울리는 시

하지감자

멍든 빛깔의 하지감자는
엉골댁 욕쟁이 할머니,
쪼그라들면 쪼그라들수록
일본 순사 쏘아보던 눈빛이 산다.

일제에 징용 간 남편은 소식 없고
보쌈에 싸여가서 아기 하나 낳았다가
6.25 전장에 재가 되어 돌아온 후
걸쩍한 욕만 살아서 푸른 독을 뿜는다.

멍든 하자감자는
껍질을 까기가 힘이 든다.
사내놈들 보쌈에 싸여 가는 동안
은장도를 가슴에 품은 채 벼르고 벼르던
그 날 선 빛깔에 눈물이 되고 욕설이 되어
독을 품은 씨눈에서 은장도가 번득인다.

윤중로 벚꽃

게처럼 횡보橫步만 궁리하는
국회의사당에 눈 흘기는 사람들이
울긋불긋 구름 떼로 몰려와서
꿀벌처럼 닝닝닝 넋을 놓고 바라본다.

청운 꿈, 뭉게구름 바라보듯이
3.1만세 함성을 바라보듯이
화사한 꽃구름을 정신없이 바라본다.

그러면서 하는 말이
"죽을 때는 저렇게
아름답게 진다면 월매나 좋으까
저렇게 양광陽光 다 독차지하고
인산인해 가랑이 밑으로 지나게 하고
떠날 때는 조용하게 지니 월매나 좋으까."
하고, 아찔한 현기증 가열시킨다.

떠날 때는 화사한 꽃잎 흩뿌리면서
짧고 굵게 살다 가면 월매나 좋으까.

옆으로 실실 기는 게 꼴 볼 것 없이
꿀벌들 넘나드는 순결한 정사,
씨방 남기고 지는 꽃잎들의 세상은
이승 저승 윙윙윙 월매나 좋으까.

적조현상 赤潮現象

시청 앞 광장.
　초저녁부터 별 떨기 같은 촛불의 무리가 순수 샛별
로 반짝이더니 언제부터인가 출싹대던 물결에서 대량
으로 번식하던 쇠파이프와 각목, 낫과 망치들이 플랑
크톤을 번식하면서 적조의 바다는 삽시간에 피로 물
들었다.

각목은 영양염류를 퍼뜨리고
쇠파이프는 쓴물을 발산하여
청와대로 진격하자고
경찰차를 때려 부순다.

　붉은 물결은 피투성이다. 벗기고 싶은 가면은 촛불
뒤에서 뒤집어엎는 일과 발목 잡는 일을 작당하고 주
동하면서 밤이 깊어지고 날이 샐 때까지 자정능력을
상실한 채 물대포에 맞서서 욕설을 탈곡한다. 바다를
살리기 위해 타 뿌리는 물대포의 황토흙물이 적조를
막지 못하자 불어난 불법이 합법을 가장했다. 건널목
의 빨강 신호등 앞을 많은 사람들이 건너가듯 불법이
많아지면 합법이 된다고.

돈황敦惶의 미소

햇빛도 들지 않는
밀폐된 동굴 속에서
천년 먼지 속에 꽃핀 미소를 바라본다.

배시시 웃는 영산홍은 아니고
미소 살짝 스치는 살구꽃 언저리
뭐라 말할 수 없는 침묵의 꽃
세상 번뇌가 먼지를 먹고 거듭난 끝에
바위의 기지개가 미소 꽃을 피웠네.

아무리 어두운 흑암지옥에서도
아무리 숨막히는 무간지옥에서도
빙그레 미소하는 대자대비의 꽃
노을 한 자락 스치는 미소의 극락

접시의 참기름 불
가물가물 스치는 극락 한나절
천 년 전 고승의 꽃노을을 보았네.

반가상半跏像

내가 참고 보니
어느덧 반가상이 되었다.

온갖 욕설을 탈곡하는
악구惡口를 피해
눈을 감고 있으면
나의 몸은
원죄를 태우고 남은 재,

인생을 빨래하는
잿물 빨래가 되었다.

단청丹靑

세월의 무늬가 주름져 있다.

주름살 하나 하나
질감이 햇살에 바래었다.

시간이 화석처럼 정지된 목질에서
세월의 앙금을 만나게 될 때
풍경은 맑은 소리를 낸다.

세상사는 언제나 치열하지만
세월의 앙금은 품위를 지킨다고.

저만치 흰 구름 아래
세월의 무늬가 주름져 있다.

웃기는 시 울리는 시

노교수가 학생들에게 물었다.
"6.25가 몇 년도에 일어났느냐고."
그러나 모두들 꿀 먹은 벙어리였다.

절망하기 싫은 명예교수가
명예를 회복하기 위해서 다시 물었다.
"올해가 단기 몇 년이냐"고.
역시 모두들 꿀 먹은 벙어리였다.

분단의 원인도 모르고
제 나라 생년도 모르는 반거들충이들
지구가 반칙을 일삼고
병이 깊어지니까 하늘도 노하여
빈 하늘에 헛수고를 한다.

별들이 쏜살같이 사정하며 떨어지는
하나님의 혼불
신神은 돌아가셨는가?

달콤한 연인들 휴대폰 속에서
영어 컴퓨터 필수과목에 밀리어
문사철文史哲이 종명終命을 고하자

마지막 씨 있는 말을 하겠다고
노교수가 교탁에서 분신자살했다.

머리에서부터 신나를 들어붓고
라이터 불을 확 붙인 후
등신불처럼 미동도 하지 않은 채
활활 타고 있었다.

씨 있는 불의 말을 남기겠다고….

MRI

널짝 안에 갇힌 몸이
서서히 움직이기 시작했다.

어디로 가는 길인가
언젠가 왔던 곳으로
다시 돌아가는 것일까?

돌아가는 길은
복잡하면서도 편인한 길
피안으로 향하는 아스라한 길에
가로수 가지들이 부딪치는지
늙은 삭정이가 부러지는지
뼛속 깊이 울리는
상자 속에서 묘한 소리가 울린다.

이승에서 쉼표를 찍다가
마침표를 찍고 저승으로 떠나거나
아무래도 상관없다고 생각하는
복잡하면서도 단순한 생각 속으로
낙엽 날리는 소리가 들렸다.

눈처럼, 축복처럼
크리스마스 전야제처럼
시나브로 편안해지고 있었다.

저승꽃

가을걷이 지나자
저승꽃이 피었다.

벼 벤 그루터기
황량한 들녘에
연기는 머리 풀며 오르고
들녘엔 검웃검웃 저승꽃이 피었다.

텅 빈 들판은
늙으신 아버지의 얼굴
딸들을 시집보낸 아버지 가슴,

어머니도 덩달아
저승꽃이 피었다.

여의도 매미

목재소 톱니바퀴에
원목 썰려지는 쇳소리가 난다.

판자를 켤 때 나동그라지는 소리
각목을 켤 때 나동그라지는 소리
세금만 축내면서 나동그라지는 소리
비정규직 퇴출될 때 나동그라지는 소리
둥근 톱니에 물려 뜯기면서
쇳소리를 내지르면서 나동그라진다.

난장판 개판치는 소리
유혈이 낭자한 가운데 격투가 벌어지는 소리
주먹을 날리고, 기구를 집어던지고
해머, 전기톱, 소화전이 난무하는 소리

사나워진 매미들이 쓰름쓰름 매암매암―
의원 숫자를 줄여라!
선량들을 외국에서 수입해 오라!
조직폭력 국회의원은 물러가라!

염증을 느끼는 동안에
사나워진 매미에게서
국회 문짝 때려 부수는 쇳소리가 난다.

아파트 항아리

계백장군의 발성,
욕되게 사느니
차라리 내 손에 죽어라고
쳐들었던 망치를 내려치자
대물림 받은 항아리가 비명을 질렀다.

봄부터 가을까지
햇볕에 거풍시키고
흰 구름도 놀다 가게 뚜껑을 열며
풍신한 몸매 물걸레질하던
할미와 어매도 비명을 질렀다.

조상 대대로 대물려 내려온
흙의 파편들을
경비 아저씨는 종량봉투에 버리란다.
김치는 냉장고에 두고
간장을 한 병씩 사먹으면 되는
편리한 세상에 계백이 죽는다.

개구리 소리

가야산 밤 물소리와는 사촌간이다
달밤에 운다면 선풍적禪風的이고
구름에 운다면 선풍적仙風的이고
무논에 운다면 향토적鄕土的이고

찰랑찰랑 남실남실
달빛과 물소리와 벌레소리,
청상의 다듬이 소리 별에 사무쳐
소음을 편안하게 정화시킨다.

시끄러우면서도 편안한
무질서한 장단에 사는 기교
무기교의 기교가 별을 안고
무논에서 찰랑찰랑 혼욕을 한다.

시론詩論 4

처음에는
배낭 가득히 돌을 주워왔다.

그러나
그 돌이 쓸모없음을 알게 되었다.

날이 갈수록
배낭의 무게가 가벼워졌다.

그러다가
배낭이 바랑이 된 뒤부터는
빈 바랑만 돌아오는 세월이 늘었다.

빈 배에 바람만 채워서 돌아오듯
빈 바랑에 채워온 바람은
그물에 걸리지 않는 바람,

하늘을 가리다가도
한 주먹에 들어온 종이에
하늘을 담아 넣고 새긴 시
바랑이 빌수록 채워지는 시
달에서 가져온 월석月石 하나…

靑天一張紙 寫我腹中詩……

시론詩論 5

서울에 비가 오면
비 오는 세상인 줄 알지만,

활주로에서 이륙하게 되면
햇빛이 쨍쨍,
발아래 맑은 하늘 밑
흰 구름바다가 펼쳐진다.

산문으로는 비가 오는데,
시로는 햇살이 쨍쨍하다.

맹렬한 힘을 축적한 끝에
비행기가 떠야 하듯이
시어는 긴축정책으로
치열한 구조조정으로
하늘 높이 떠가야 하느니라.

시론詩論 8

국수는 밀가루로 만들고
국시는 밀가리로 만든다고
말장난이나 하지 말고
귀 있는 자는 들으십시오.

팥빵 하나에도 이치가 있나니
눈 있는 이는 보십시오.

팥고물을 감싸야 하는
밀가루 반죽이 많아야 하는가
팥고물이 더 많아야 하는가.

上下에 물과 불이 있고
그 사이에 솥이 없다면
빵이 되겠는가.

집을 짓는 데에도
모래와 시멘트와 물,
그리고 철근이 있어야 하듯이
생각의 벽돌과 유리
결이 고운 나무가 있어야 하듯
다양한 소재가 어울려야 하느니라.

시론詩論 9

엿장수 가위소리 고샅을 울리면
코흘리개 조무래기들 부리나케 몰려갔다.

들키면 매타작에 삼수갑산을 갈망정
넘어가는 군침을 참을 길이 없다.

그러나 엿장수는
공기 넣고 부푼 엿을 코딱지만큼 떼어주면서
고무신짝 떨어진 것, 삼베걸레 떨어진 것,
놋쇠그릇, 주전자, 세숫대야 등을 가져오라고
입이 비틀어지게 먹고 남을 만큼 주겠다 하면서도

엿은
입이 감질나게 코딱지만큼 떼어준다는 사실,
그게 시의 모호성을 살려낸다.

먹을 만큼 주면 낚시 밥만 잃는다고
그저 감질나게 못 견디게
눈곱만큼 떼어준 엿이
값나가는 놋그릇까지 들고 오게 한다는 점이다.

시론詩論 10

숲속에서 나무를 찾는다.
나무 사이에서 지게 감을 고른다.

하늘로 뻗어나가는
줄기와 가지를
스케이팅 월츠의 몸짓
남녀가 서로 허리를 사로잡고
약간 쳐들린 얼굴로
지게 감을 눈여겨본다.

줄기와 가지
음양으로 짝을 맞추는
절묘한 합궁을 궁리하고
한 틀의 지게를 완성한다.

시론詩論 11
— 참우렁이 —

어미의 속살을 파먹고 태어난다
어미의 생활을 파먹고 태어난다
어미의 아픔을 파먹고 태어난다
어미의 슬픔을 파먹고 태어난다
어미가 가벼워져서
물위에 둥둥 떠내려갈 때,
진주는 눈을 반짝이며 자라난다

시론詩論 12
— 밀주 이야기 —

어른들은 논밭에 가시고
심심해진 조무래기들은
어른들 가지고 놀던 화투를 쳤다.

꽃들의 싸움,
민화투놀음에서는
비광이 최고라지만
비풍초雨楓草 단약丹藥보다는
청단 홍단이 한 수 위고
최고 연봉 칠띠 보다는
팔싸리가 왕이니라.

뱃속이 꼬르륵하면 시를 쓰듯이
물어들일 게 없을 때 팔싸리를 넘본다.

돈은 못 벌어도 시를 쓰듯이
시인은 추억에 배고프지 않다.

온돌방 윗목에 이불 쓰고 숨어있는
술독에 고인 농주를 떠 마시고
취하여 마루에서 잠을 자다

깨어나면 뻐꾸기가 울었다.

앞산에서도 뻐꾹
뒷산에서도 뻑뻑꾹

나의 풍신난 시에서처럼
아침에 우는 새는 배가 고파 울고
저녁에 우는 새는 임이 그리워 울었다.

시론詩論 13
─양파 까기─

겉껍질을 까면
버려서는 안 되는
껍질이 또 나온다.

껍질을 까 들어가면
삼겹살 오겹살 같은 껍질이 또 나온다.

맛있는 부위일수록
살과 비계가 섞여있듯이
내용으로 들어가면
속살과 겉살이 둘이 아니다.

까고 까고 또 까 들어가면
계속 나오는 양파처럼
시어詩語는 까 들어갈수록
재미가 쏠쏠 깨를 볶는다.

행行이 모여서 연聯이 되고
연이 모여서 시詩가 되는
새로운 낯설기와 온고지신
마지막 알맹이에 손을 멈춘다.

시론詩論 14
－거미의 집짓기－

구상단계에서
한동안 관망하던 거미가
수직으로 내려오고 있다.

구성단계에서
다시 기어오르다가
바람을 타고 내려오면서
사선斜線을 긋고 다시 오른다.

수직과 수평,
사선과 사선에서 원형을 이루며
소리 없이 언어의 집을 짓는다.

생각을 꼼지락거리면서
원형회전운동을 한다.

원형의 생각과
생각의 원형을……

시창작론詩創作論 1

생각의 알맹이 콩을 불려서
맷돌에 퍼부으며 돌리면
으깨어지면서 흘러내리는 콩물이
가마솥으로 떨어진다.

진실의 아궁이에
정서의 불을 지피면
은유의 콩물들이 치열하게 끓면서
고소한 암내를 풍기고
주제의식으로 꿈틀거린다.

시어詩語의 긴축정책을 위하여
콩물을 포대자루에 붓고
주리를 틀면
눈물 같은 진실이 솥으로 흐르고
관념의 찌꺼기는 제거된다.

불타던 바위가 식어서 숲이 되듯
애욕을 식히면 시가 된다.
식칼로 두부를 자르듯
알맞게 다듬으면 시가 된다.

콩비지를 제거하고 나면
간수를 지를 차례……
냉각시키면서 군더더기 물을 빼면
통일된 시어만 오롯이 남는다.

시창작론詩創作論 2
-시와의 결혼-

시를 쓰려거든
시를 사랑해야 하느니라.
좋은 시를 쓰려거든
죽도록 사랑해야 하느니라.

자나 깨나, 앉으나 서나
시를 사랑하지 않으면서
시와 함께 살겠다는 것은
새빨간 거짓말이다.

그것은
시와의 결혼이 아니라
터무니없는 욕심이니라.

시가 그리워서
시가 보고 싶어서
시가 읽고 싶어서
잠 못 이루는 밤이 많아야 하고,
시가 배고파서
언제나 시를 먹고 마셔야 하느니라.

하루 이틀 사흘……

시를 만나지 않고도
멀쩡한 사람은
시를 허영으로 넘보는 거간꾼,
고등 사기꾼이라 하느니라.

시창작론詩創作論 3
-서정시와 산문시-

자초지종이 확실하고
기승전결이 선명하여
행行이 모여서 연淵이 되고
연이 모여서 시詩가 되는
서정시는 로스구이
두부모처럼 반듯해야지

리듬도 균형도 소용없는
산문시는 불고기
걸레처럼 찢어발겨도
시가 되지만
시격詩格은 아무래도 떨어지겠지

청주淸酒를 빼고 남은
탁주濁酒처럼……

소설창작론

소설을 쓰기 전에 허준부터 배워라.

스승 유의태가 지시한대로
탑을 옮겨 쌓으라 하자 옮겨 쌓고
그 옮겨 쌓은 탑을 다시 헐어서
본디에 섰던 자리에 그대로 쌓으라는
지시대로 말없이 쌓은 묵언默言부터 배워라.

첨삭하라 했으면 첨삭하라는 그대로
수정한 다음에 의견을 말해야지
첨삭한 것도 제대로 고치지 않은 채
어떻게 언어의 집을 짓겠느냐.

밥 짓는 쌀에 돌을 골라내듯
가려내라면 가려낼 일이지
가려낸다고 돌을 넣어서 되겠느냐

소설을 쓰려거든 욕심 부리지 말고
언어의 그릇에 돌부터 가려내야 하느니라.
스승 유의태의 말 한마디에
일언반구 없이 따르던
허준의 미덕부터 본받아야 하느니라.

2. 牛上의 詩 觀照의 詩

입춘立春에는

입춘에는
봄기운 완연한 입춘에는
조선간장을 담그자.

옹기종기 걸린
메주를 손질하여
양광陽光 가득히 간장을 담그자.

가끔씩 그늘진
검은 곰팡이는 씻어내고
남도南道 햇살 가득가득
조선간장 맛 들게 하자.

이별

가난한 시간에 기대어
선물을 보낸다.

밀물이 들어올 때는
귀밑머리 아른아른
가슴까지 차오르는데,

썰물 빠지고 나면
갯벌은 게의 집들 뿐,
노을도 미친다.

첫사랑의 꿈

숫기가 생길락 말락하던 시절
초등학교 3학년 때의 이야기였다.

담임선생님이 선녀라면
나는 나무꾼에 불과했다.

선생님이 시키는 대로
장작난로에 장작을 넣기도 하고
칠판의 백묵 글씨를 지우기도 하였다.

선녀는 나무꾼에게 심부름을 시켰고
나무꾼은 선녀의 치맛자락을 즐겼다.

그 치맛자락이 스칠 때마다
황홀한 무지개가 천상으로 뻗쳤다.

그러던 어느 날
선녀가 화장실로 가는 것을 보았다.

도저히 있을 수 없는 일에
살아야할 의미를 잃고 말았다.

세월이 가고
선녀도 가고
홀로 남은 나무꾼은
아이스크림 같은 꿈을 핥고 있다.

은밀한 문

공중전화 상자로는

동전 한 닢의 시대에서

동전 두 닢의 시대로

그리고 이제는 동전이 소용없는

휴대전화 시대로 바뀌었지만

저쪽에서 통화중일 때는

도저히 문을 열 수가 없었다.

한 번 입을 다물면

열 줄 모르는 조개처럼

저쪽에서 통화중일 때는

도저히 문을 열 수가 없었다.

한 번 입을 다물면

열 줄 모르는 조개처럼

저쪽에서 통화중일 때는

닫혀진 성문

천군만마 위무威武로도 열 수 없었다.

패각貝殼에 싸인 조개는

신비의 베일에 가린 채

끝끝내 문을 열어주지 않았다.

시경詩經
－水平線　飛翔－

은애하는 새 한 쌍이
호숫가에 나란히 내려앉는다.

택시에서 내린 신혼부부가
호텔로 나란히 들어간다.

한 쌍의 새가 날아가듯
남녀가 나란히 올라간다.

엘리베이터를 타고
하늘 절반쯤 올라가서
오작교烏鵲橋 대신 더블침대
구름에서 두둥실 출렁이리라.

철근과 시멘트가
까마귀 떼처럼 받쳐주는 가운데
거울 벽이 파도치는 가운데
남녀가 구름 속에 출렁이리라.

시나브로

먹는 샘물
초정수 빈병에서 기어 나온 반딧불이
어머니가 쳐놓은 모기장을 기어오른다.

시나브로
아주 시나브로
기어오르는 둥 마는 둥
날 저문 핑계로 자고가야 하는
옛날 박물군자의 이야기처럼 시나브로.

반딧불은 별이 되어
모기장 천장에 걸리다가
하늘에 걸리고
잠이 없는 별은
구전으로 내려온 이야기처럼
총명한 눈을 깜박거린다.

밤은 시나브로 깊어만 가고……

새 쫓기

노을 속으로
붉은 씨방이 터지는 노을 속으로
새가 날아가고 있었다.

넋을 놓고 바라보는 나에게
가끔씩 새가 내려와
머리에 집을 지으려고 했다.

새가 나에게 집을 지으면
나도 날 수 있을까
유혹을 쫓기가 죽기보다 어려웠다.

새가 머리에 집을 지으려고 할 때는
쫓아야 한다고
내가 나에게 말해주고 있었다.

내 속에
새를 부르는 나와
새를 쫓는 내가 서로 싸웠다.

무덤으로 간 후에는
새를 쫓는 내가 이기겠지만

사는 동안에는 누가 이길까?

노을이 붉은 까닭은
새의 유혹 때문일까?

노을은 그녀의 입술
쫓는 나의 손가락을 빠는
그녀의 입술,

우여- 우여-
붉은 씨방들이 터지고 있었다.

상상의 감주 1

달리는 버스 속에서 굴러오는 반지를 본다.
반지를 따라가던 눈길이 의자 밑에 멈춘다.

여자의 땡감 씹는 표정을 읽다가
반지를 주워서 그녀에게 건네어 준다.

그녀가 고맙다고 차를 마시자 한다.
차를 마시는 시간은 바늘이 자석에 붙는 시간,

결혼을 하고, 아이를 낳고, 살다가 늙고,
그리고 병이 들고 죽는다.

달리는 시간 속에서
의자 밑에 처박히던 반지처럼 그렇게.

상상의 감주 2

소년시절에는 여학생의 얼굴을 본다.
그녀를 좋아하면 꼬집게 된다.
말을 못하고……

청년시절에는 처녀의 앞가슴을 본다.
연적처럼 매촐한 부분을 가늠하며
상상의 손으로 어루만진다.

장년이 되면 종아리를 바라본다.
형이상학에서 형이하학으로
점점 내려가다가 늙고 병이 든다.

그때는 눈을 감은 채 추억을 더듬는다.
꽃 시절, 꿀을 탐하는 벌처럼
첫날밤 옷고름을 풀어가다가
역시 형이하학으로
속절없이 감주를 마신다.

시詩라는 이름으로도
아무도 알 수 없는
상상의 감주를……

축逐에 대하여

사람을 미워하지 말라.
사람을 미워하면 축에 몰리느니라.

축에 몰리면
사물이 제대로 보이지 않느니라.

부모도 형제도 보이지 않고
나라도 이웃도 보이지 않느니라.

과거도 현재도 보이지 않고
미래는 더욱 보이지 않느니라.

개구리 올챙이 적 시절도 안 보이고
햇빛과 공기와 수분……
도와준 은혜도 보이지 않느니라.

조춘早春에

개구리들이 얼어 죽었다.

때가 왔다고
자기들 세상이 왔다고
눈 비비며 나온 개구리들이
눈도 뜨지 못한 채
우물 속에서 얼어 죽었다.

개구리는
일제日帝 때만 얼어 죽은 게 아니다.

6.25에도, 4.19에도, 5.18에도
한 세상 살겠다고 나왔다가
영하로 내려간
이념의 신神과 돈의 옥황상제에
이름도 없이 얼어 죽었다.

이른 봄에
해머로 돌들을 내려쳐서
알밴 개구리를 잡아먹는 인간들
파렴치한은 많아도
개구리를 조상弔喪하는 이가 없다.

살다 보면

살다 보면
립스틱을 바르고 싶을 때가 있다.

안 하던 짓을
하고 싶을 때가 있다.

아무리 잘 살았다 해도
살아보지 못한 세상,
비어있는 부분을 채우고 싶을 때가 있다.

그러나
바람과 함께 사라진
그 시간과 공간을 채울 수는 없다.

비운 곳을 채우겠다고
립스틱을 바르려 했다고
부끄러워할 새도 없이 날이 저문다.

겨울날 황혼에
늙고 병들고,
쉼표를 찍다가 마침표를 찍으러
종점으로 걸음을 옮길 뿐……

산이 나더러

산이 나더러
잠자코 있으라 하네.

설해목雪害木이 우지끈 산자락을 울리거나
산자락이 떨어져 나간다 할지라도
침묵으로 일관할 뿐
말의 노예가 되지 말라 하네.

말에 사로잡히면
한 평생
욕망에 끌려 다니다가
언어의 칡넝쿨에 걸려 넘어진다네.

깨달음을 찾아
산에 오르고 보니
벙어리 도사들뿐이네.

말없이 꽃피고, 잎 피고
말없이 알을 낳고, 새끼를 낳고
말없는 안개 손길 쓰다듬으며
자고 깨고 번성하게 한다네.

산이 나에게
잠자코 있으라 하네.

말없음표, 묵언黙言으로……

산에서는

산에서는
세속의 잡담을 지껄이지 마라.

맑은 공기와 맑은 물
웃음 짓는 햇빛을 보아라.

나뭇잎 풀잎은 손짓을 하고
꽃들이 반기거늘
먼지와 기름때를 왜 게워내느냐.

침묵하는 산이
입이 없는 줄 아느냐.
바위처럼 묵언黙言으로 말하고
흙처럼 지평으로 참으며
청명한 하늘에 구름이 떠돌 듯
말 없는 가운데
산 높고 골 깊은 말,
우리도 그 말 없는 말로
변화무쌍해야 하느니라.

산길

우정이란, 사랑이란,
또는 인연이란 산길 같다고
산들이 넌지시 말해주었었다.

자주 다니면 길이 나지만
다니지 않으면 길이 사라진다고
바람처럼 말해 주었었다.

다니지 않으면
수풀이 우거져 길은 사라지고
우정도, 사랑도, 인연도,
묵정밭처럼 쓸모없게 된다고.

시인 朴木月

1973년 1월 8일
대한민국 서울의 중심가 종로
낙원빌딩 13층 10호실에서
'분단문학과 통일문학' 주제를 걸고
木月, 泳暢, 貴永 앞에서
나는 사회를 보고 있었다.

모두들 빈손으로 와서 말을 하는데,
박목월 선생은 노트에 써온
깨알 같은 글씨를 보면서
분단과 통일을 설파하셨는데,
그 때 찍은 사진만 남고
둘이서 찍은 사진은 볼 수 없게 되었다.

헤어질 때
엘리베이터 앞에서 사진을 찍었으나
목월 선생만 나오고
나는 반쪽 먹통인 채
볼 수 없게 되었다.

세월이 물같이 흘러간 후
나의 사진첩에 실린 사진 한 장

오른쪽에서부터
朴木月 시인, 鄭貴永 문학평론가,
張泳暢 시인, 그리고 나……
모두 떠나고 나만 남아있다.

李重熙 教授 畵家

정밀靜謐한 고요함은
산그늘보다도 서늘하고
화필畵筆의 속도는
게눈 감추듯이 재빠르다.

설야 같은 화폭 위에
여명黎明 같은 시선視線,
광맥을 투시하는 통찰로
탁목조啄木鳥 나무 쪼듯 물감 찍어 바른다.

얼굴에 가려있는 골격,
봉우리와 능선과 골짜기
카메라 플래시를 터뜨리듯
어느 한 순간에 포착한 사물을
가슴으로 심장으로 찍어 바르는
아아, 그 절묘한 붓끝
화성畵聖이며 화신畵神이다.

조영자 시인

그대는
문방사우文房四友 중 조촐한 연적硯滴
언제나 맑은 시를 머금고 있다.

동양의 이백李白과 두보杜甫, 도연명陶淵明이라든지
서양의 릴케와 워즈워드, 롱펠로에 이르기까지
원시原詩 선창先唱에 역시譯詩 후렴으로
200여 편을 청산유수로 외우기를
종횡무진에 사통팔달이라
동갑내기 맹귀우목盲龜遇木 광영光榮이라네.

그대의
시낭송은 종달새 비오롱飛梧弄 노래
운사雲師와 산천초목이 모여들고
녹음방초 탐화봉첩探花蜂蝶이 모여들어
정겨운 안빈낙도 항아姮娥 맵시 아련하네.

자녀들은 군자君子로 재원才媛으로
최고학부 고등교육에
원 없이 길러 세상에 내놓고도
해준 게 없다고, 미안하다고,

빈 마음에 아쉬움만 가득한 사람
단청丹靑 비낀 노을을 배경으로
영산홍 한 그루 맵시 있게 서있네.

오진현 시인 1

산행山行 때
그가 나에게 말할 때는
나의 손을 잡곤 했다.

오솔길 사이
둘이서 나란히 걸을 수 있을 때
그는 나의 손을 잡은 채
녹두장군에서 디지털 시까지
새야새야 파랑새야
侍天主造化定
永世不忘 萬事知
그는 전봉준을 얘기하고
나는 동학군 할아버지를 얘기했다.

나의 손에는
그의 온기가 살아있는데
그는 파랑새처럼 날아갔다.

오진현 시인 2

세브란스 암병동에서
쾌유를 빌고 나와서
아침마다 조간신문을 펼쳤다.

행여 세상 떴나하고
조선, 동아, 세계일보를
샅샅이 훑다가 안심을 했다.

내가 중앙일보를 보지 못한 사이에
그는 이승을 떠나고 있었다.
약속한 상암동에 나를 남겨놓은 채.

꿈의 술잔

꿈의 술잔은
그대 입술,
맥주 거품 부글부글
유황온천수로 끓는다.

온천 속은
무간지옥이라도 좋다고
내일은
삼수갑산을 갈망정
곤충이 꽃을 떠나지 못한다.

꿈의 술잔은
그대 꽃술,
꿀을 빨다가 늪에서 죽는다.
씨방에 발목 잡힌 채
진드기처럼 기꺼이 죽는다.

일부다처제

나의 양복 상의에는
우물 같은 호주머니가
수직으로 파이어 있다.

추억이 가물거리는
아득한 옛날에는
만년필을 꽂았었는데,

요즈음은 조강지처 밀어낸 볼펜이
안방을 차지하고 있다.

독서를 하면서 밑줄을 그을 때는
빨간 볼펜을
시상詩想이 꼼지락거릴 때는
파란 볼펜을
원고료 영수증을 써줄 때는
검정 볼펜을
우물물 길어 올리듯 꺼내어 쓴다.

나를 노려보는지
눈이 똥그란 볼펜과 친해야 하는
삼독 오욕 칠정의 번뇌

미운 정 고운 정이 들대로 들었다.

암과도 친해야 오래 살듯이
볼펜 세 자루와 친하게 지낸다.
내 인생의 길동무,
떠나 살 수 없는 반려자이므로.

솥에 대하여

물을 사랑하는 불과
불을 사랑하는 물,
그 사이에 솥이 있었다.

불이 지나치면 불바다가 되고
물이 범람하면 홍수로 휩쓸어
목숨을 건지지 못하게 된다고
조용히 일러준 이는 솥이었다.

차의 추락을 막는 브레이크처럼,
불과 물의 중간에서
절제의 시학을 가르쳐준 이는
까맣게 그을은 솥이었다.

솥은
불과 물에 가까이 있으면서도
불이 물을 끓게 하고
물이 불을 끄지 않는
절묘한 조화의 바람으로
그물에 걸리지 않게 한다.

첼리스트

조을 호好자 상형문자처럼,
여자가 사내를 껴안고 바람을 켠다.

사나운 바람도 잔잔하게 잡아서
품안에 재우면서 잠을 재우면서
눈 지긋이 내려감은 채
해를 따먹고 빛을 켠다.

구름 속에 해가 비치듯,
지긋이 내려감은 눈 속에
열리는 하늘,
무한한 항아姮娥의 몸짓으로
남자 한 아름 환상을 켠다.

황홀한 꿈이 풀어지는
미리내를 거닐며
사내 한 아름 바람을 재운다.

수락산에서

수락산 등반은
골체 미인을 타고 오르는
벌레들의 꿈길 파라다이스

무릎에서 다시
음습한 골짜기로 해서
옹달샘을 지나
겨드랑이까지 오르면
소나무 숲이 마중을 나온다.

은애하는
산중 연인 마중 나오듯
백년 여우 꼬리 감추고
숲 그늘 산들산들 눈웃음친다.

한양천리 과거보러 갈 것인가
절세미인 백여우와 신방에 들까
생각을 꼬물거리는데
계곡의 여신 소피소리 요란하다.

3. 枕上의 시 思索의 시

철학 1

나는 원래 병아리였다.
개나리 꽃잎 물고 봄나들이 하다가
배가 고파 거름자리 후비던 발톱으로
지렁이도 먹고 굼벵이도 먹었다.

풀잎도 뜯어먹고, 모래도 주워 먹고
가끔은 물도 넘기면서 구름을 보았다.

구름 저쪽
하늘이 너무도 파래서
나를 찾지 않을 수 없었다.

아아, 나는 어느새
퇴색된 닭이 되어 있었다.

나이만 먹고
순결을 잃은 부리와 발톱으로
퇴색된 닭이 되어 있었다.

철학 2

집을 나서면서
날씨야 고맙다고 말했다.

호숫가를 거닐면서
안개야 고맙다고 말했다.

산을 오르면서
구름아 고맙다고 말했다.

골짜기에서는
시냇물아 고맙다고 말했다.

정상에 올랐다가 내려올 때
비를 만났고,
정자에서 비를 개는 동안
비여 고맙다고 말했다.

호수 물도 구름이 되고
시냇물도 구름이 되다가
비가 되어 내려오고
다시 구름으로 오르는
윤회에서 철학을 배웠다.

개똥철학 1

소나무 숲 그늘 아래서 닭이 솔바람을 먹는다.
송진이 들어있는 선식仙食을 위하여
병아리처럼 다소곳이 솔바람을 먹는다.

그러다가 기어 나온 개미도 쪼아 먹는다.
그 연후에는 개미집을 파헤치고
개미의 무리를 정신없이 쪼아 먹는다.

뜬금없는 횡재는 발톱과 부리를 날카롭게 할 뿐만 아
니라 안식眼識을 날카롭게 길들인다. 그리하여 때를
알려 시대의 잠을 깨우는 세례요한의 광야의 소리는
사라지고 뎅경뎅경 목이 잘려 튀김 닭이 되어 찢겨나
간다.

곡기오曲起悟— 곡기오—
어서 일어나라고
제발 깨달아라고
지붕 위에서 들려오던 계명성鷄鳴聲은 온데간데없고,
삼계탕 잔치가 지나면
뼈다귀만 고스란히 남는다.

소나무 숲 그늘아래

솔바람을 먹던 닭이
선식을 한다고 으스대던 닭이
지네를 먹다가 뼈만 남으면
그 뼈다귀에 지네 떼는 들끓고
그 지네가 배부를 쯤 해서는
첨단과학 시대의 디지털 닭들이 나와서
살판난 지네들을 쪼아 먹는다.

개똥철학 2

녹슨 철조망 가에 코스모스가 웃고 있었다.
미친 꽃이라고 생각했는데,
녹슨 철조망 가에서 코스모스가 졸고 있었다.
치매가 아닌가 생각했는데,
녹슨 철조망 가에서 코스모스가 침을 흘리고 있었다.
거꾸로
물구나무를 선 역삼각형 양철이
코스모스 곁에서 시름시름 앓고 있었다.

마르크스의 여자가 웃고 있었다.
마르크스의 여자가 울고 있었다.
마르크스의 여자가 침을 흘리고 있었다.

역삼각형의 양철이 있을 뿐
웃고 울고 침을 흘리는
코스모스 꽃 빛깔의 기호가 있을 뿐
지뢰지대라는 안내자의 언어가 없었다.

개똥철학 3

나의 사랑론은 백이 아니면 제로다.
아라비안나이트의 원조元朝
바람난 왕비를 죽이고도 모자라
밤마다 여자 하나씩 잡아먹는
절대사랑과 절대행복
아라비안나이트를 생각하기까지는
초등학교 3학년 때 왕비를 사랑했다
연분홍 치마를 봄바람에 휘날리던
오, 나의 담임선생님!
그러나
왕비가 화장실에 들어간 날부터
아라비아 왕자는
세상 살맛을 잃었다.

개똥철학 4

넥타이를 매다가 문득
구겨진 넥타이 같은 길을 생각했다.

풀어진 넥타이 같은 길은 외줄기
고향 떠나 잃어버린 길

넥타이를 매기 위해서 내가 있는가
길을 찾기 위해서 내가 있는가

양복에 붙들려 끌려 다니고
넥타이에 붙들려 끌려 다니고

쿤타킨테는 뿌리를 찾는데
나는 무엇을 찾아 헤매는가.

개똥철학 5

마야문명을 닮은 어스름한 달밤에
하늘로 가득히 흐르는 물밑으로
한 여자가 맨발로 걸어간다
한 남자가 맨발로 걸어간다

여자가 건널목을 건너고
남자가 건널목을 건너고
여자가 아파트로 들어간다
남자가 아파트로 들어간다
여자가 옷을 벗고 욕실로 들어간다
남자가 옷을 벗고 욕실로 들어간다

운전기사와 손님이 땀을 손에 쥔 채
탈곡하는 콩트에 귀를 기울인다.

여자는 무지개아파트 12층 3호실에 들고
남자는 개나리아파트 5층 7호실에 들고.

택시 운전기사는 닭 쫓던 개라고 말했다.

암실조각전暗室彫刻展

눈은 감으나 뜨나 마찬가지였다.

검은 넥타이가 풀어진 듯한
검은 동굴을 지나며
알몸들을 더듬거리고 있었다.

동굴 길은 외줄기
위에서 창자로 구불구불
소장 대장 12지장으로
원시림 동굴을 더듬으며
나신裸身을 더듬거리고 있었다.

눈은 감으나 뜨나 마찬가지였다.

내가 더듬는 알몸에
여자의 손길이 겹쳐졌다.

동굴 속으로
앞서 들어간 여자의 손이
나의 손을 만나고 있었다.

어둠 속에서

나신을 더듬던
두 더듬이의 촉수로
능선과 능선을 더듬고 있었다.

동굴 속
어둠속의 편력遍歷,
겹쳐진 손을 풀고
밖으로 나간 그녀가
벼랑으로 떨어져 내렸다.

어둠 속에서 길을 잃고
방황하던 불나비가
바람과 함께 사라졌다.

알까기

암탉에 품긴 달걀이 부화되면
껍질을 깨고 나오게 되느니라.

어떤 사람들은
껍질이 배자를 억압했다 하고
어떤 사람들은
껍질이 배자를 육성했다 말한다.

억압했다는 사람은 증오를 낳고
육성했다는 사람은 사랑을 낳는다.

시詩의 알을 깔 때는
억압했다 하지 말고
육성했다고 감사해야 하느니라.

껍질의 도움이 없이
어떻게 병아리가 될 수 있겠느냐.

인내천人乃天

사람이 한울님이다.

사람 속에 인체 세포가 60조
뇌세포가 140억
세포들의 처지에서 보면
하느님이 서울역 지하도에 주무신다.

지하철 선반에서 집어온 신문지를
시멘트 바닥에 깔고 덮고
보란 듯이 주무시고 있다.

LEE COA

made in KOREA

상자 곁에 열 손가락이
하늘로 향하여 임립林立해 있었다.

한 때는 잘 나가던
요정의 여왕이 거지가 되고,
대학생들이 청소부가 되고,
국장님이 아파트 경비원이 되는 세상,

사람 한울님을 우습게보다가

꽃뱀에게 물리고 감기고
한줌 재가 되어 나무 밑에 뿌려진다.

사람이 한울님이다.

달걀에 대하여

그는 동전의 양면을 지녔다. 그의 껍질 속에는 배자가 있고, 흰자와 노른자, 병아리로 부화되게 하는 양분이 있다. 왼쪽 날개로만 나는 새들은 달걀의 껍질이 흰자 노른자, 배자를 억압한다 하지만, 나는 그렇게 보지 않는다. 껍질이 없다면 배자가 어떻게 눈이 되고 병아리로 깨어날 수 있겠느냐?

왼쪽 날개로만 나는 삐딱한 새들은 유엔군이 오지 않고, 부산 제주까지 붉은 천지가 되었다면 분단도 싸움도 없었을 것이라고 말하지만, 북한이 남침하지 않았다면, 14만 9천명의 국군은 죽지 않았을 것이고, 5만 7천 615명의 유엔군, 5만 4천 246명의 미군들, 그 젊은 목숨을 잃지 않았을 것이라고는 왜 말하지 않느냐?

71만 7천명의 한국군 부상자도, 11만 5천명의 유엔군, 10만 3천명의 미군 부상자, 150만 7978명의 국군 사망 부상 실종 포로, 18만 1천 426명의 유엔군 사망 부상 실종 포로, 원래 미남이었던 우리 문예가족 이목윤 성님도 얼굴 한 쪽 목덜미까지 짜깁기한 채 의수義手로 돌아오지는 않았을 것이라는 말은 왜 숨겨두느냐?

24만 4천 663명의 대한민국 민간인 사망자도, 12만 8천 936명의 실종자도, 8만 4천 532명의 피납자도, 22만 9천 625명의 부상자도, 30만 3천 212명의 행불자도, 99만 968명의 민간인 사망, 실종, 피납, 행불자도

나올 일이 없다고는 왜 말하지 않느냐?

　249만 8946명의 목숨이 누구에 의해서 날아갔느냐? 16만 1천 122명의 미군들의 진혼곡, 미국이라는 껍질이 없었다면, 유엔군이라는 껍질이 없었다면 이 나라가 병아리로 깨어날 수 있었겠느냐? 할아버지가 타 마시던 노랑 설탕물, 학교에서 점심으로 먹던 우유 물, 구호물자 밀가루로 연명하던 국수가닥들, 그 껍질들은 알맹이를 보호하고 육성하였느니라. 달걀 껍질이 흰자 노른자를 억압한 게 아니라, 병아리로 깨어날 수 있도록 보호하고 육성하였느니라.

農者天下之大本 1

모를 심을 때나 논을 맬 때는
길가는 나그네도 불러서 먹였느니라.

광주리에 이고 온 밥을
조선막사발에 고봉으로 담고
갈치에 하지감자 넣은 찌개라든지
막걸리 찰찰 넘치게 나눠먹었느니라.

요새처럼
푸줏간 안의 배부른 파리들이
바깥에서 떨고 있는 비정규직 파리들을
안으로 들어오지 못하도록 하면서
말로만 감싸지는 않았느니라.

아서라 말아라
너무 그렇게 욕심 부리지 말아라
푸줏간 도마에 붙은 피를 빨겠다는
비정규직 노동자들에게
네 밥 덜어줄 수는 없겠느냐?

말로만 걱정해 주는 척 하지 말고
피 묻은 널빤지에 낮잠 자는 푸줏간 주인도

도마에서 배를 채운 정규직 노동자도
크로포트킨의 말을 들어보아라.

먹은 개미가 굶은 개미에게 입을 맞추고
몸속의 자양을 넣어주듯이
네 밥을 덜어줄 수는 없겠느냐?
나그네 손을 끄는 농부처럼 그렇게.

農者天下之大本 2

지신 밟는 농부가
영기令旗를 들고 나서면
간 간 징소리에도 영令이 섰다.

한 번 내려칠 때마다
심장까지 뒤흔드는 소리는
흉년이 들고 난리가 나서
먹을 것은 쓸려가고 빼앗기고
굶어죽으면서도 볍씨를 아껴두었었다.

지잉- 지잉- 지잉- 지잉-
늙은이는 스스로 굶어죽지만
자손만대 자자손손
길이길이 번성하라고
씨나락을 마당가에 묻어놓고
스스로 굶어죽은 조상들이
지하에서 징- 징- 울고 있다.

그러나 요새는 영令이 서지 않는다.
애들도 어른을 손가락질한다.
법 농사짓는다는 국회의원들
법의 종자까지 까먹고 있느냐고,

하라는 일은 하지 않고
씨나락 까먹는 생쥐들처럼
나라 세금만 축내느냐고
머슴이 주인 행세를 하면서
젯밥에만 정신이 팔려있느냐고
지잉- 지잉- 심장을 울리고 있다.

아들아이에게

결혼하는 순간부터
코가 뚫려지는 너의 발에는
이인삼각二人三脚의 끈이 매어지는 줄 알라.

너의 다리가
네 짝의 다리보다 길면
보폭을 줄여서 보조를 맞춰야 하느니라.

너의 보폭을 줄이고
상대의 보폭에 맞추려면
너의 자존심을 죽여야 하느니라.

네 자존심을 죽이면 너는 살고
네 자존심을 살리면 너는 죽는다.

배추에 소금 뿌리면 김치는 살고
성난 배추에 소금이 없으면
김치 같은 인생은 바랄 수 없느니라.

너무 싱겁지도 않고
그렇다고 너무 짜지도 않고
새우젓 멸치젓 굴과 함께 곰삭아서

새콤달콤 깊은 맛으로 곰삭아 살다가

인생이 저물녘에는
군내 나는 노욕을 버리고
군내 나는 노탐을 버리고
잘 익은 김치 맛으로 잔재미를 누리거라.

딸아이에게

딸아이야
남편의 사랑을 받고 싶거든
시부모를 지극히 공경하여라.

세상 살다가
싫어질 때가 오거든
마귀가 기다리는 줄 알아라.

분노가 치밀 때가 오거든
마귀가 현관문에 다다른 줄 알아라.

三毒(貪心 瞋心 侈心) 중의 두 번째
왈칵 화를 낼 때 마귀가 침노하나니
스스로 소금 뿌려 숨을 죽여라.

배추에 소금 뿌려 숨을 죽이듯
인내로 김치처럼 맛 들어야 하느니라.

화를 참지 못하고 쫑알거리면
군내 나는 우거지로 전락하게 되느니라.

너는 맛있는 김치가 되겠느냐?
군내 나는 우거지가 되겠느냐?

가야금산조伽倻琴散調 4

뚜둥 뚜둥 뚜우웅—
뚜둥 뚜둥 뚜우웅—

신라 하늘을 얼싸안은 숲 속에
가야 고분군이 솟아오른다.

진양조와 중모리. 중중몰이 장단에
잦은몰이 휘몰이 단몰이로
좌청룡 우백호 산세명당 주춤주춤
양 날개 늘이다가 훠이훠이 휘돌고는
다시금 훠얼훨 천년 학이 오른다.

화덕에 풀무질하며
철을 다루던 대장장이의 불꽃
보검으로 빛나던 눈빛같이,
천년의 산천초목이 오르고
천년의 뼈들이 살아서 숨을 쉰다.

낙동강 하류 물줄기 따라
평화를 누리다가 혈투전을 벌이던
이진아시왕伊珍阿豉王도 도설지왕道設智王도
팥죽 끓듯 융기하는 고분군 따라

뚜둥 뚜둥 뚜우웅— 뚜둥 뚜둥 뚜우웅—
세상에 없는 천상의 소리로 흐른다.

가야산맥이 일어나 구풀구풀
문수산文壽山 미숭산美崇山 수도산修道山이 더덩실
대가천大伽川 소가천小伽川 안림천安林川도 춤을 춘다.

철기장군鐵騎將軍의 위용威容도
가야문명伽倻文明의 예술藝術도
신라합병新羅合倂의 인욕忍辱도
세속의 번뇌 강물에 보내고
날로 새롭게 단장해 가는
가야박물관으로 재생을 꿈꾼다.

뚜둥 뚜둥 뚜우웅—
뚜둥 뚜둥 뚜우웅—

살려내기

인생이란
탁구와도 같은 것.

친선 게임을 할 정도로
가까운 사람,
이연이 깊은 사람과 탁구를 하는 경우,
상대의 공이 모서리에 부딪쳐서
바닥으로 추락하는 경우,
절묘하게 받아내어 살려내는 경우,

그래도 그런 공은 오래 가지 못하고
말없이 떠났다거나
오해 살만한 일을 저질렀을 경우,
절묘하게 받아치지 못하면
그 공이 추락하고 만다면
인연은 끝이 나게 마련이다.

추억의 공, 받아치던 라켓만 남긴 채……

사마귀

애욕이 넘쳐도
속내를 보이는 법이 없다.

포크 레인처럼
미동도 하지 않은 채 한 지점을 향할 뿐
바람이 불어도 요지부동이다.

중장비가 무덤을 파고
불의 헛바닥이 날름거리는
용광로에 녹아내리듯,

어느 한 순간
번갯불처럼 번쩍 덮쳐서
암컷의 궁자로 들어가다가
우적우적 씹어 먹힌다.

꼬리치며 아양 떠는 일도 없고
기묘한 소리로 유혹하는 법이 없이
번갯불에 콩 구워먹듯이
한 순간의 희열에 살고 죽는다.

숭례문崇禮門

본체만체 했었는데,
알고 보니 국보1호였네.

이웃을 내 몸같이 사랑하지 못한 채
무관심의 죄에 살쪄
그저 보나마나 했었는데,
알고 보니 독립군 후예가 불타죽었네.

방 한 칸에
온 식구가 의지하다가
철거반에 쫓겨나 떠돌다가
한 많은 이 세상 눈을 감았네.

타살인지 자살인지
입이 있어도 말할 수가 없네.

생명 연습 1

오늘도 인간 재생창
부속품을 갈아 끼우는
외과와 내과, 신경과까지 다녀왔다.

항문에 손가락을 넣은 의사가
촬영한 치질 부위를 보여주었다.

훔쳐 먹은 것도 없는데
쓸데없는 고깃덩이 붙어있었다.

신경과 의사는
뇌의 혈관에 끼어있는
기름때와 쓰레기를 보여주었다.

언제 버린 쓰레기가 피를 막는가
심장 박동이 고르지 않았다.

막힌 강줄기 파이프를 뚫어야 하나
어지러운 도시의 PVC를 뚫어야 하나
규칙을 위반하는 심장박동을 보면서
흔들리는 촛불을 가늠해 보았다.

내일 꺼진다 예측하고
오늘은 편안히 쉬기로 했다.

생명 연습 2

초침 뛰는 소리가 크게 들린다.

시계가 긴장할 때 나도 긴장했다.

발악이라 할 수는 없지만
한 순간도 쉬지 않고
마라톤 선수처럼 달리는 소리
그래도 초침의 박동은 일정하다.

고르게 뛰는 소리는
건강을 증명하고 있다.

비록
초침 다리는 가늘어도
일정하게 달려갈 뿐…
뒤를 돌아보지 않는다.

그러니
어쩌란 말이냐?

눈을 감고 자리에 누울수록
더욱 또렷하게 들리는 저 소리,

그러니 어쩌란 말이냐?

가기는 가야 하는데
어디로 가란 말이냐?

생명 연습 3

63빌딩 수족관의 돌고래가 물속에서 물 위에서 유영
하고 솟구치며 수중 쇼를 마칠 때마다 먹이를 받아먹
듯이, 금강산 인민배우들은 하늘에서 땅에서 곡예를
마칠 때마다 장관급 월급 먹이를 따먹는다. 박수 소리
가 요란할수록 관광객들이 박수갈채를 보낼 때마다
나는 울고 또 울었다. 인민배우는 돌고래가 아니다. 돌
고래보다도 더 정교하게 재주를 보여도 그 목숨 아슬
아슬 허공에 맡기고, 날마다 떨어져 죽는 꿈을 꾸면서
낙하하는 생명연습을 한다.

사람을 찾습니다

사람을 찾습니다.

우리나라에는 아버지가 없습니다. 민심을 외면하는 선량들, 당리당략에 날 새는 줄 모르다가 실성실성 미쳐버린 국회의원도, 제 부모와 형제자매를 외면하고 사지로 끌려가게 하는 외교관도, 제 뱃속만 채우는 귀족노동자도, 따끔하게 나무라고 종아리 걷게 하여 회초리로 때릴 수 있는 그런 다스림의 아비가 우리나라에는 없습니다.

고양이에게 생선을 맡기는 꼴이 되었습니다. 요직이라는 요직은 생선을 고급스럽게 뜯어먹는 자리올시다. 허가 낸 도둑놈들의 자리올시다. 이제는 국민의 세금을 맡길 데가 없습니다. 주인인줄 알았는데 알고 보니 종놈들이올시다. 종중에서도 대책이 서지 않는 인간 말종이올시다. 말이 좋아 인간이지 개만도 못한 말종들이올시다. 개는 도둑에게 짖고 주인에게 꼬리치지만, 이건 도둑에 꼬리치고 주인을 물어뜯는 말종 중의 말종, 인간 말종이올시다.

우리나라는 분단이 되었지만, 농사지을 땅 한 뙈기도 없는 나의 아버지는 농부다운 농부였습니다. 자기는 굶주려도 자식에게는 먹였고, 자기는 헐벗어도 자식에게만은 입혔으며, 자기는 못 배워도 자식에게만은 배우게 하려고 해마다 도로변의 또랑농사를 지었습니다. 물이 벙벙한 또랑에다 모를 심을 때 종아리에 들어붙어 피를 빠는 거머리는 삐쩍 마른 장단지의 가난한 피를 포식하고서야 떨어졌습니다.

거머리에게 피를 빨리면서도 자식농사 지어보려고 알탕갈탕 또랑논에 돌을 건져내고 사금파리에 피흘리면서 모를 심는 아버지, 가을에는 참새들이 다 빨아먹고 쭉정이만 남은 것을 그래도 농사라고 애지중지 베어 들여서 달밤에 훑는 아버지, 그런 아버지가 대한민국에는 눈을 씻고 봐도 없습니다. 그런 아버지를 보셨습니까?

이제 사람을 찾습니다. 나의 아버지를 닮은 그런 사람을 목마르게 찾습니다. 그런 아버지를 대통령이건, 국회위원이건, 외교관이건, 붉은 조끼 입고 하늘에 주먹 들이대며 데모하는 무리 가운데서라도 발견하신 분이 계시면 연락 주십시오. 꼭 후사하겠습니다.

PVC

나의 부모님은 해와 달
나의 육신은 지구성地球星
나의 오장육부는 오대양 육대주
거미줄 같기도 하고
지하철 노선 같기도 한
상수도 하수도가 얽혀 있다.

아무데나 버리는 담배꽁초가
하수도 구멍을 메우고
호텔에서 빠져나온 휴지가
강물을 더럽힌 끝에 도시는
동맥경화에 뇌경색을 앓는다.

나의 혈관에 끼어있는
도시의 온갖 쓰레기들,
말끔히 몰아내지 못한 채
코빅스정과 수루메틴정으로
적당한 선에서 타협을 보고 있다.

경칩驚蟄

식도락가에 의해서
개구리들은 전멸되었다.
겨울잠에 빠진 개구리들
알을 밴 채 기름에 튀겨죽었다.

소주로 조상弔喪하고
농약을 살포한 농부는
일본인 순사보다도 무서웠다.

자연을 말살한 농부는
제초제, 살충제의 남발로
봄의 전령사들을 몰사시켰다.

자연의 성전은 파괴되고
씨앗들은 화상을 입은 채
가능의 씨알들 잠들어있다.

빈 캡슐들은 우주에서 떠돌고
러브호텔에서 새어나온 콘돔은
썩은 강물에 떠내려가고……

4. 그리움에 우는 새

그리움에 우는 새

겨울 하늘에는 철새가 날고
초가집 마을에는 실연기가 흘렀다.

집집마다 그을린 벽에는
시래기가 미역처럼 엮여있었다.

시래기죽은 쌀알이
십리 가다 하나씩 들어있는데,
가정방문 오신 선생님은 예쁘게 먹었다.

"우리 반 여선생님도 시래기죽을 먹나?"
"그러고도 얼굴이 저리 예쁠 수 있나?"
나는 천지가 뒤바뀌는 줄 알았다.

얼굴 뽀얀 선생님은
옥 같은 쌀밥만 먹는 줄 알았었는데,
검푸른 죽을 먹고 변소에 가더라.

아침에 우는 새는 배가 고파 울고
저녁에 우는 새는 임이 그리워 울고
밤중에 우는 나는 선생님 그리워 울고.

측간厠間에 가는 걸 보는 바람에
선생님 그리움이 깨어졌다 울고……

게

국회의사당 같은
갑각류甲殼類 십각목十脚目의 절지동물이
둥근 등딱지로 납작 엎드려있다.

대족大足은 이족二足이요
소족小足은 팔족八足이요
안목眼目은 상천上天하고
거품은 버글버글
옆으로 실실 기는
저 거동 좀 보소.

행여 기득권 재산 명예 빼앗길까봐
딱지 안으로 겹눈을 움츠리고
요리조리 살피다가
표만 보이면 재빨리 나꿔 채는
횡보橫步의 기재奇才로다.

역사의 톱니바퀴에 끼인 채
역사의 발목 잡는 한량들이
국회의사당처럼 엎어져 있다.

높은 세금 매기려면
나 잡아가 잡수라는 듯이
등딱지만 내보이며 엎어져 있다.

살풍경

눈두덩에 멍이 시퍼렇게 든 여자가
지하철 칸칸이 누비며
예수를 믿으라고 외친다.
예수를 믿어야 천당 간다고
말세가 가까이 와있다고
신판 날에는 예수 믿는 사람만 천당 간다고
자신만만하게 설說하시며 인파를 누빈다.

고대광실에 고량진미에
옷 로비 사건에 연루된 여인들이
줄줄이 줄줄이 연루된 여인들이
천당의 아랫목을 차지한 모양이다.
그 뒤 소식이 없으므로
무소식이 희소식이므로
하나님께서 망각이라는 선물을 주셨으므로.

여호와의 신 이외에 잡신을 섬기지 말라는
절대 지상 계명대로
대한민국은 이상스럽게도
단군 할아버지 목 잘라 죽이고
세종대왕 혀 잘라 죽이고
훈민정음 굶겨죽이고도 모자라

부활절에는 날계란을 삶아서 죽인다.

어느 신흥 교단에서는
연고 없이 살생을 말라 했는데……

싸가지論

정년을 앞둔 어느 날
아내가 넌지시 입을 열었다.

"묘 자리 하나 사둬야지요?"
"묘 자리는 뭐하게?"

"아이에게 신세지게요?"
"귀찮으면 태워서 뿌리라지!"

"뭐라구요?"
"화장해서 아무데나 뿌리라고 해!"

"그걸 말이라고 하세요?"
"싸가지가 없으면 없는 대로지."

"누가 싸가지가 없어요?"
"죽으면 그만 아니오?"

부부싸움을 하다가
서로 눈을 마주보았다.

"순한 눈으로 보시구려."

“맑은 눈으로 보시지 그래요?”

“아들 농사는 함께 짓지 않았소?”
“싸가지는 나 닮지 않았소!”

“또 싸가지 타령이오?”
“효도론孝道論이지요.”

붕어빵 1

내 유년의 화집에는
붕어빵을 굽는 소년이 있다.

중학생 때 아버지를 잃고
가족을 부양하는 소년 가장이
여학생이 지나가면 모퉁이로 숨는다.

야외에서의 미술시간에
신포정을 스케치해 달라고
물감이랑 도화지랑 한 아름
선물하던 여학생이 행여나 볼까
게 눈 감추듯 숨는 소년이 있었다.

붕어빵 2

파고다공원 골목에서
유년의 한 쪽 슬픔을 먹는다.

세상은 얼어붙었지만
붕어 속의 팥고물은 인정 있게 뜨거웠다.

때로는
아이스크림 붕어를 먹을 때도 있지만,
나의 고향은 팥이 정겨운 붕어다.

이리 뛰고 저리 달려
그물 밑이 묵근하게 몰아 잡던 유년이
눈물 스미는 입으로 들어간다.

머리에서부터 꼬리까지
나의 유년은 햇빛이 찬란했다.

개미노동법

빈들에서
두 마리의 개미가 서로 만났다.

희미한 눈을 도와주려고
더듬이로 서로서로 더듬으며
안부와 근황을 더듬거렸다.

우주선이 서로 도킹하듯이
그 후에 연료를 공급하듯이
먹은 개미가 굶은 개미에게 입을 맞추고
체내의 액체를 공급하면서
영양을 공급하고 있었다.

실직자나 비정규직 노동자에게는
노동자건 경영자건 고임금자들이
밥을 덜어줘야 한다고
몸소 실천하고 있었다.

개미만도 못한 인간들,
기업주와 귀족노동자들에게
공생共生과 공영共榮을 설說하고 있었다.

개미가 부러운 세상

두 개미가 서로 만났다.
메마른 광야에서.
두 개미는 서로 입을 맞추고 있었다.
그러나 그 입맞춤은 키스가 아니었다.

먹은 개미가 굶은 개미에게
급유를 하고 있었다.

무한천공無限天空
랑데부를 하고 도킹을 하는 인공위성처럼
생명의 급유를 하고 있었다.

개미보다도 못한 인간세상,
인간들의 세상이 무섭다.
살다보니 세간은 여우의 굴,
발톱과 꼬리가 보이기 시작한다.

실명한 시어미를 방치한 채
욕설을 탈곡하는 며느리는
백년 묵은 여우,
기세등등하게 간을 씹는다.

독부에 쫓겨난 사내들,
목을 매는 사내들이
날마다 참깨처럼 우수수 떨어지는 세상
개미가 부러운 세상이다.

연쇄법

마야문명을 닮은 어스름한 달밤에
하늘로 가득히 흐르는 물밑으로

한 여자가 아스팔트 위를 걸어갑니다.
한 남자가 아스팔트 위를 걸어갑니다.

여자가 건널목을 건너갑니다.
남자가 건널목을 건너갑니다.

여자가 아파트로 들어갑니다.
남자가 아파트로 들어갑니다.

여자가 엘리베이터를 탔습니다.
남자가 엘리베이터를 탔습니다.

여자가 실내로 들어갑니다.
남자가 실내로 들어갑니다.

여자가 옷을 벗습니다.
남자가 옷을 벗습니다.

여자가 마지막 팬티를 벗습니다.

남자가 마지막 팬티를 벗습니다.

아, 여자가 욕실로 들어갑니다.
아, 남자가 욕실로 들어갑니다.

아아, 그런데, 그런데
여자는 개나리아파트 12층 3호실로 들어갔고
남자는 무지개아파트 7층 2호실로 들어갔습니다.

운전기사와 손님이 땀을 쥔 채
탈곡하는 콩트에 귀를 기울입니다.

그러나 닭 쫓던 개
지붕 바라보는 격이 되고 말았습니다.

시냇가에서

시냇가에서
모래성 쌓던 소녀가
바람과 함께 사라졌다.

밀려온 물결에
모래성이 잠겨가듯
그녀는 추억 속에 잠겨갔다.

주먹을 쥔 손에
모래를 쌓아올리고
살그머니 손을 빼면
집이 되곤 했는데,

집을 지으며 소꿉놀이하던
보금자리를 만들곤 했는데,
썰물 빠져나가듯
세월과 함께 빠져나갔다.

가정

풀밭에 떨어진 고구마를
풀잎에 씻어서 먹는 것처럼
하찮은 생활의 부스러기를
한데 모으고 모아 이룬 나이테
크고 작은 나이테들이
옹기종기 모여 앉아 빛을 내는
안으로 감겨 도는 열락의 무지개.

해변에 지천으로 버려진
조개, 소라, 전복……
어패류 껍데기들을 깎고 썰어서
참을성 있게 둥글게 둥글게
원만한 마음을 붙이고 붙여서
그리움을 불러일으키는 꿈나라
칠색 찬란한 무지개 빛깔의
바다 속 숙성된 삶의 나이테들,

정직과 인내의 자개작업으로
지저분한 어패류 껍데기로
원만한 아름다움으로 바뀌는
조개, 소라, 전복 껍질이 눈부시다.

서운함에 대하여

놉을 얻어다가 모를 심는데,
품앗이들도 와서 모를 심는데,
자식 놈이 보이지 않는다.

나 죽으면,
이 논배미 다 주고 갈 텐데,
장구배미, 버선배미,
반달배미 다 주고 갈 텐데,
상속을 받을 놈이 보이지 않는다.

제 버릇 남 못 준다고
오늘도 화투판에 정신이 팔렸느냐?

이 어지러운 세상에
짓고 땡이라니,
고스톱에서 죽어도 고라니,
설사하고, 피박 서는 꼴,
축으로 몰리는 인생 같아서
죄 없는 막걸리만 축내고 있다.

연꽃

눈물 속의 미소微笑다.
슬픔 속의 희열喜悅이다.
세상 속의 신락神樂이다.

신락은 신성神聖, 극락極樂의 웃음꽃.

나는
당신에게서 위로를 받고
편하게 잠이 들고 깨어난다.

내가 잠에서 깨어날 때
당신의 그윽한 손바닥에는
수은처럼 영롱한 물방울의 우주,
나의 천주天宙가 그 속에서 산다.

나의 모든 당신은
봉오리로 올라오면서 합장하고
두 손을 펴면서 경배敬拜를 한다.

합장合掌하는 그 속에서 탄생하고
흰빛 분홍빛으로 하늘을 사모하다가
탈속脫俗한 연후의 향기와 빛깔,

고진古眞한 영혼으로 장수하다가,

올챙이도 뿌리 사이에 숨겨주다가,

뿌리로 거름으로 열반涅槃에 드신다.

웃음 변증법

안개 속 같이
아득한 38년 전의 이야기……

일본 나고야에서
유학생들이 만나면
헤어질 줄을 모르고
캠퍼스에서 손을 잡고 거닐었는데,
학생이나 선생이나 우리를 보고 웃었을 때
그 웃음의 진원지를 알지 못했다.

남학생끼리 손을 잡고 거닐면
웃음거리가 되는가……?

동성끼리 손을 잡으면 안 되는가?

세월은 바야흐로
38년이 지난 오늘날
몸담은 대학의 사회교육원 수강생들과
저녁을 먹고 노래방에 가서
차를 무당집 너실너실한 헝겊 사이에 세울 때
왜 그렇게 낄낄대고 웃었다지?

그 웃음의 의미를 한동안은 모른 채 살았다.
숏 타임이 무엇인지
롱 타임이 무엇인지
관념의 형광등이 깜박일 때 까지는……

해가 지고
황혼이 왔다.

그 흔한 나체쇼 한 번 보지 못한 채
귀국선을 탔었는데,
관광하고 돌아온 친구들의 푸짐한 이야기에
나는 가난한 말도 잃고 있었다.

세월의 강물이 흐른 후

　1973년 1월 8일은 대한민국 서울특별시 종로 2가 낙원빌딩 13층 10호실 엘리베이터 앞에서 박목월 시인과 나란히 서서 사진을 찍은 날이지만, 그 사진을 찍은 카메라는 파고다공원 뒷골목 전당포에 잡혀먹고 떠내려가기 전에 구사일생으로 겨우 찾아왔으나 필름을 빼내어 인화하고 보니 공교롭게도 목월 선생만 보이고 나는 먹통이 되어있었다.

　세월이 강물처럼 흐른 후, 목월 선생은 떠나고 디지털 카메라 시대에 그 구식 카메라도 가고, 나의 뇌세포 속에서 가난하게 꼬물거리는 추억만 남게 되었다. 남루를 걸친 추억 속에는 그 날 자리를 함께 했던 만경강의 장영창 시인과 쉬르리얼리즘의 정귀영 문학평론가는 그냥 왔는데, 박목월 시인은 공책에 깨알 같은 글씨로 '분단문학과 통일문학'을 말하고 있었다.

　섭리 역사의 비바람이 휩쓸고 간 35년의 세월에는 애환의 흔적이 흑백사진에 남아있다. 무성영화시대의 무성영화처럼, 소리는 활자로 남고, 모습은 사진에 담겨 남게 되었다.

세월의 강물이 흐른 후…

사육장에서

즐거웠던 나의 집은 사육장
아내는 나를 사육한다.

심리적으로 사육하고
지능적으로 사육한다.

아침 식탁엔
오이 쪽과 단근 쪽 무쪽이 오르고
때로는 카베스 익힌 게 오른다.

점심은 죽이나 누룽지
저녁은 생선 토막이 나온다.

경제권은 아내에게 있고
병권은 내게 있었으나
동맥경화 빨강불이 켜지면서
커피까지 금지를 당했다.

아내는 연금을 주무르지만
나의 용돈은 제로상태다.
아내는 나를 열심히 사육하고
나는 기꺼이 사육 당한다.

산홍이가 이상李箱을 사육하듯
아내는 나를 문화적으로 사육하고
나는 아내에게 사육당하는 재미로 산다.

노을 그리움 1
-해금의 울음-

초원을 달리는
준마駿馬의 갈기가 바람을 스친다.

바람이 이별하면서 울고
말발굽에 튀기는 흙먼지
노을에 섞이어
꽃잎처럼 날다가 흩어지면
일어서는 풀잎들
꽃잎 짜낸 물결로 연주한다.

박하사탕을 먹은 우주,
마지막 만나고 떠나갈 때
천상을 나는
해금의 신비음神秘音이 입속에 퍼진다.

준마의 갈기가
노을 스카프를 날리고……

노을 그리움 2
- 해금 두 줄타기 -

달빛에 떠는 갈대가 안쓰러워
바람에 떠는 갈대가 안쓰러워
서럽게 우는 해금이
달빛처럼 별빛처럼 두 줄에 매달려
사무치는 슬픔을 토하고 있다.

그대는 어디로 갔는가?
어느 진토에 넋이 되어
들풀이나 도와서
달밤이면 흐느끼는가?

아무리 해도
아픔을 숨길 수 없는 당신은
해금이 되어 두 줄을 타는가.

바람이 살살 부는 초원에서
음악을 살려내며 달리는 준마
갈기와 꼬리에서 내지르는
천상의 신비 음으로 떨며 오는가.

노을 그리움 3
―관음상의 미소―

잔잔한 미소에
잔잔한 슬픔이 넌지시 내비친다.

잔잔한 물결에
잔잔한 상처가 드러난다.

천상에서 내리는
두 줄기 달빛과 별빛의 현을 켜는
보살의 손, 관세음보살의 손,
그 손끝에서 미소하는 바람,
극락의 미풍으로 자연을 연주한다.

풀밭에서 자고 깨는 초록바람이
천상에서 내려오는 선녀를 연주한다.

그의 넓은 이마와 절묘한 눈썹
지상으로 지긋이 내려감은 눈 속
번뇌 태워 마시며 극락을 연주한다.

노을 그리움 4

— 영결종천永訣終天 —

이승의 바람이 영을 넘어갔다.

꽃상여에 매달려 가던 바람
꽃상여 꽃잎 뜯어 흩뿌리며
다소곳이 구슬프게 울면서 갔다.

달빛 가득 추억을 흩뿌리며
별빛 가득 눈물을 흩뿌리며
만장들 펄럭이던 바람,
꽃상여 함께 영 넘어가고…

그 뒤를 따르다 개풀어진
소녀도 울어 싸며 영 넘어갔다.

노을 그리움 5
-김애라 해금연주-

시냇물의 잔잔한 물결이
풀밭의 촉촉한 풀잎이
잔잔하고 촉촉한 슬픔이 되고
잔잔하고 촉촉한 기쁨이 되어
음악의 자유천지로 스며들게 한다.

팽팽하게 긴장한 두 줄
활의 단단한 한 줄이
서로 얽이다가 풀리다가
더러운 게 인연이라고
그리움 촉촉이 스며들게 한다.

영산홍이 웃는 소리는
찔레꽃이 우는 소리는
산그늘을 따라가다가
노을 빛 그리움이 되어
불타는 애욕으로 달려와서는
활활 타오르며 소지를 날린다.

*2007년 4월 10일, 의정부예술의전당에서

고스톱 2

'죽어도 고'는 그만두기로 했다.
커피를 마시면 당분도 들어가는 까닭에
인체에 계엄령을 내렸다.

고기를 써는
푸줏간 널빤지 위에서
비만의 사내가 웃통을 벗은 채
낮잠을 자는 사이에,

널빤지의 피 냄새를 맡은
바깥의 파리들이 잉잉거리며
안으로 들어오려고 하자

안에 있던 기존의 파리들이
실내로 들어오지 못하도록
공중전을 벌이고 있었다.

안에 있는 파리는 귀족노조
밖에 있는 파리는 임시직원
짜고 치는 화투는 철면피
피박 속에 대박이 있었다.

고스톱 3

'죽어도 고'는 않기로 했다.

조선무와 조선배추
조선새우젓에 조선멸치젓에
순창고추 서산마늘 논산생강에다
아내의 맛깔스런 손맛 덕분에
조선김치는 물론, 김치찌개까지
삼겹살 오겹살 돼지고기 맛에 빠지고
그 입가심으로 빠뜨리지 않던
커피는 무조건 '죽어도 고'라 했는데,

하늘에 계신 단군성조께서
아직도 정신 못 차렸느냐고
선녀를 보내어 가르치시기를
머리가 어지러우면 동맥경화다
뇌병원엘 찾아가라 하시기에
엑스레이 엠 엘 아이 찍어대더니
맹랑하게도 동맥경화증이란다.

앗, 뜨거라 단군성조님
이제부터는 그 설탕으로
당신의 쓴맛을 속이는

커피는 마시지 않을랍니다.

'죽어도 고' 소리는 하지 않으렵니다.
아멘!
我免!!
아제아제바라아제바라승아제모지사바하!!!

이인삼각二人三脚

　　존경하고 사랑하는 은애 상대는 어디까지나 배려라
고 하는데, 배려를 모르는 이는 사람이 아니므로 가축
과 함께 사는 것과도 흡사하다. 아내와 함께 여행하는
일은 결혼식장에 도시락을 싸들고 가는 것과도 같다.
처음부터 이런 습관이 길들여진 것은 아니다. 여행할
때마다 귀가길은 언제나 곤혹스럽게 잡쳤다. 아내가
반드시 무슨 꼬타리를 잡아서 불평하기 때문이다. 지
나가는 여인을 왜 유심히 보느냐고 꼬타리를 잡는가
하면, 자기 친구에게 왜 여전히 곱다고 말했느냐는 것
이었다. 그냥 지나가는 말처럼 하는 게 아니고 곧 죽이
려는 듯이 대어드는 것이었다. 그래서 아내와 함께 여
행하는 일은 결혼식장에 도시락을 싸들고 가는 것과
도 같다. 이인삼각二人三脚이 제대로 되지 않으므로.

6.25를 아느냐

수업시간에
6.25를 아느냐고
6.25가 언제 일어났느냐고 물어도
안다고 손드는 학생이 하나도 없었다.

1950년 6월 25일 새벽
소련제 탱크를 몰고 온 북한군이
파죽지세로 부산 턱밑
낙동강까지 밀고 내려와
어린 학도병들이 얼마나 많이 죽었던가.

6.25도 모르는 반거들충이들이
밥을 먹고 산다.
편안하게 잠도 자고
사랑도 하고 아기도 낳고
염치없이 희희낙락 잘도 산다.

5. 만년설이 녹는 동안에

교양 설법

제자가 나에게 핀잔을 주었다.

선생님은 어째서
핸드폰을 지니고 있으면서도
문자 메시지를 쓸 줄 모르느냐고.

그 말을 들었을 때
문득,
떠오르는 얼굴이 있었다.

6개 국어를 능통하게 구사하는
영문학과 교수가
다방에서 소젖에 달걀을 달라고
주문을 하자,
여종업원이 하는 말이

"에그, 무식해라!
밀크에 에그 후라이라고
주문하셔야 해요."

내가 제자에게 말했다.

"핸드폰 문자 메시지는 할 줄 몰라도
휴대전화 통화는 할 수 있다."고.

마음 넓히기

욕설이 주먹을 쥐려고 하면
"그럴 수도 있겠지 뭐…" 하고
마음에 참을 인忍 자字를 쓴다.

가슴에 그리는 참을 인忍자가
사천왕으로 서서 눈을 부라리면
"내 탓이지…" 하고
화살을 나에게 돌린다.

섭섭함이 뱀처럼 똬리를 틀면
미움의 싹이 자라나서
이유 없는 미움에 끌려 다니게 되어
육신은 삼독三毒이 퍼지게 된다.

욕망에 불이 붙으면
화가 주먹을 쥐고 일어설 때
마귀가 현관문을 열려 한다고
나 속의 내가 알려준다.

아상我相을 버리고 나면
골목은 운동장이 되고
콧구멍만한 굴뚝은
자유천지의 하늘이 된다.

먹을 갈면서

먹을 갈면서
갈려지는 날을 바라본다.

먹을 갈면 갈수록
날이 녹는다.

날카로운 칼날이 녹는다.
몰인정한 창날이 녹는다.

굼뜬 원형 회전운동과
부끄러운 정감의 묵향에
칼날 창날이 녹아내린다.

날을 녹이는 것은
열불이 아니다.

눈을 감고 자신을 들여다보는
연민과 정감의 눈,
검은 눈동자 맑은 눈에
온갖 날들이 녹아내린다.

마음의 실경산수實景山水를 위하여.

말 다 못해요

말 다 못해요
개나리 꽃잎 물고 뿡뿡뿡
봄나들이하던 꽃 시절을.

노로꼬름한 병아리 빛깔이라든지
포르스름한 연초록 이파리 빛깔,

개나리꽃 그늘에서
개나리꽃 그늘에서
은밀한 밀어 한 모금
은하수 빨아 마신 밤하늘 같이
그 꽃 시절의 꽃반지
말 다 못해요.

만년설이 녹는 동안에

만년설이 녹는 동안에만
우리는 함께 있을 수 있었다.

후지산 능선에서
흙속의 만년설을 꺼내어 뭉칠 때
미찌꼬가 절반을 떼어달라고 했다.

나는 그녀에게 절반을 떼어주고
마치 신장을 떼어준 것처럼
우리는 콩팥 하나씩 나눠가진 채
한 몸처럼 걸어 산을 내려왔다.

우리들이 헤어질 때 눈은 녹았고
나눠가진 신장은 사라졌다.

그녀와의 인연은 다섯 시간 뿐
만년설이 녹기 전까지였다.

눈이 녹아서 물이 되었을 때
우리는 물처럼 증발되고 흘러갔다.

속절없는 강물처럼,
안타까운 세월처럼 흘러갔다.

결혼 축사

살다가 싫어지면
마귀가 문밖에 기다리는 줄 알라.

살다가 화가 나면
사탄이 문을 여는 줄 알라.

살다가 죽고 싶거든
죽을 정도로 참을 수 없거든
옛날에 모래밥 먹은 사람을 생각하라.

화를 낼 줄 모르는 대장부의 아내가
남편 화내는 모습을 보려고
밥사발에 모래를 섞었겠다.

이제는 화를 내겠지 기다리자
첫 수저부터 모래 밥이 씹히자
냉수를 가져오게 하더니
물을 말아서 밥을 건져먹더란다.

마귀가 문밖에 기다릴 때
사탄이 들어오려고 할 때
마음으로 모래 밥을 먹고 있으면

아내는 차를 끓여 내오게 된다.

맨살의 아픔에서 진주가 나오듯
발가락의 아픔에서 발레가 살아나듯
부부는 남들이 모르는 가운데
관심과 이해와 배려와 참을성으로
행복의 웃음꽃을 피워야 하느니다.

구름처럼

구름처럼 찢어지기로 했다.

갈가리 찢겨져서는
넝마처럼 흩어지기로 했다.

목화밭
다래 벌면
뭉게구름 닮은 목화솜
하늘에 걸리기로 했다.

하늘에 걸린 구름처럼
노을에 걸린 구름처럼
목화밭 언덕에 잠들기로 했다.

목화처럼……
구름처럼……

그대가 나에게 오면

그대가 나에게 오면
그대는 꽃이 되고 나는 벌레가 된다.

벌레를 불러들이는 그대와
그대를 파먹는 벌레가
하나의 곡류曲流로 녹아내리면,

벌레 먹은 복사꽃
벌레 먹은 복숭아는
머리끝에서 발끝까지
앵두 알 같은 꽃불을 켜고,

수천, 수만, 수십억의 세포들이
밤하늘 별이 되어
꿈나라 정원에서 밤을 새운다.

머리끝에서 발끝까지
벌레는 꽃을 파먹고……

그림자밟기

검은 그림자가 하얀 그림자를 밟는다.
하얀 그림자가 검은 그림자를 막는다.

검은 귀신들이 우르르 몰려들고
하얀 귀신들이 우르르 몰려가고

조선조에 주리 틀린 귀신과
동학난에 산발한 귀신들이
황토밭에 나뒹굴며 포효한다.

전장에서 총 맞아 죽은 귀신과
한강에 빠져죽은 귀신들이
청와대로 국회의사당으로
벌떼처럼 달려가면서
해원성사 해달라고 울부짖는다.

개성 가던 날

아내는 01시에 깨고
나는 02시에 깨고

다시 잠을 청한 아내는 03시에 깨고
다시 잠을 청한 나는 03시 30분에 깼다.

우리 둘은 깨어있는데,
고마운 분이 04시에 전화해 주었다.

떠나는 아내는 소풍 가는 초등학생
보내는 나는 도시락 챙기는 학부형

아내는 송도삼절을 흥얼거리고
나는 선죽교를 유장하게 읊어보고

아내의 배낭에는
카스텔라와 주스와 초콜릿과 롯데껌
까스활명수와 판콜에이
유년의 꿈에 부풀었다.

눈물

눈물이 마르면
핏줄도 메말라 굳어진다고
아들아이에게서 전화가 왔다.

이웃에 대하여
무관심 죄를 범한 내가
회개할 줄 모르는 채
눈물이 메마른지 오래고 보면
동맥경화는 스스로 묶었다는 생각,

그 생각이 꼬리를 물어도
눈물의 강은 메말라 바닥을 드러낸다.

쩍쩍 갈라진 마음의 강바닥
수초水草 한 포기 살아남지 못하는
불모不毛의 모래바닥에서
나는 동냥아치처럼
잃어버린 눈물을 찾아 헤맨다.

꽃반지

자운영 꽃대에
클로버 꽃을 꿰어서
섬섬옥수 손가락에 끼우면
자수정 백금반지가 된다.

때로는
손가락 감아 돌린 백금이
자수정을 얼싸안으면
춘설春雪에 피어나는 매화梅花가 된다.

사람은 꿈을 먹고 산다는데,
꽃반지는 어디로 가고
반지 닮은 달무리만 유정한가.

다리 자르기

자연과학 출신 총장이 나서서
책상 다리가 하나 길다고 잘랐다.
잘려진 인문人文이 너무 잘려져서
나머지 세 개를 잘라야 했다.
국사를 자르고 철학을 자르고
국어 작문까지 자르고
영어와 컴퓨터 다리가 너무 길어
아름답지 않았다.
균형과 조화가 깨어져 나온 상아탑은
취직학원으로 전락했다.
잘려진 다리와
자르지 못한 다리……
캠퍼스에 희나리가 조각처럼 서있다.

달걀 생각

암탉이 알을 품은 지 21일 동안
현미경으로 핏줄을 따라가면 강물이 흐르고
수천의 강물을 거슬러 올라가면
수천 줄기의 산맥이 휘돌고
망원경으로 바라보는 험산준령들
굽이굽이 돌아가면
강물소리 출렁출렁
심장 박동이 쿨컥 쿨컥
총천연색 동영상이 흐른다.

물이 끓기 전에는
양적 변화가 일어나다가
병아리로 깨어난 뒤에는
질적 변화의 기간,
생명의 자유천지를 구가한다.

배금에 보석 놓은
황금을 준다 해도…

달 항아리

울엄마는 나를 밸 때 달을 마셨다고 했다.

달걀의 흰자와 노른자 음양을 마시듯
달을 품을 때 입을 크게 벌려 마셨다고 했다.

울엄마는 순후한 농심으로 나를 배었고
나는 불의 뼈와 흙의 맥을 이었다.

잔설의 여운은
신神의 영역…

전통을 고수하면서도
현대를 숨쉬는
자애로운 어머니
흙과 물과 불과 바람을 벗 삼아
순리를 거스르는 법이 없었다.

대장장이

오목한 화덕에
끝없이 불질을 한다.

단단한 무쇠 철판 위에
한없이 망치질을 한다.

구릿빛 등살에
방울방울 땀을 흘리며
쇠를 불에 달구고
망치질을 하여 화덕에 넣는다.

녹이 다 벗겨질 때까지
화덕과 철판을 드나들며
명품을 벼리게 되면
차가운 물에 담근다.

치직 치직 치지익—

불을 밴 화덕에서 쇠가 녹고
물을 밴 돌확에서 힘을 얻는다.

당신은 1

당신은
천상의 옹달샘
그렇게 시원할 수가 없습니다.

한여름
수박과 참외를
망태기 채 우물에 넣어 두었다가
끌어올려 맛볼 때는
그렇게 시원할 수가 없었습니다.

이가 덜덜 떨리고
속 창자까지 시려오다가
하염없는 은혜의 눈물이 되어
천길 만길 이슬로 내립니다.

뜬구름 노래

아메리카 알래스카 코디악 섬에서
잠을 자던 김동진 교수가
백야白夜에 잠에서 깨어나
나에게 조용조용 말했었다.

교가를 작사하면
작곡을 하여주겠노라고.

'가고파'를 탐내던 나는
그 '가고파' 이상의 곡을 받고 싶어서
교가를 작사하여 총장께 보였더니 때가 아니라고 했다.

그 후
한 오 년 세월이 흐른 후
상임이사가 교가를 지어 달라고 했다.

또 다시 고생해서
교가를 지어 주었더니
이번에는 함흥차사咸興差使였다.

세월이 흘러
강산이 두 번이나 바뀌었는 데도

나의 교가 가사는 행방불명이다.

'가고파' 작곡가
김동진 선생님은 '심청전'을 남긴 채 떠나시고
나도 그 뒤를 따르기 위해서
버리는 연습을 하는 중이다.

보자기로 뜬구름 잡는 나의 인생을
정리하기 위해서 책부터 버리고
가재도구를 버리다가
마지막에는 육신까지 버리고
뜬구름처럼 떠나리라.

뜬구름 같은 세상,
뜬구름처럼 떠나리라.

사랑과 슬픔의 볼레로

날개 찢긴 나비가
풍뎅이에게 끌려가고 있었다.

독일병사에 줄줄이 이끌려
가스실로 끌려가다가
포대기 아기를 플랫폼에 버렸다.

간단한 메모와
지폐를 꽂아놓은 채.

뇌성이 그치고
비바람이 멎게 되자
찢긴 나비가 풀려났다.

슬픔이 음악이 되어
온 세상을 반짝이고 있었다.

빚쟁이

오수장날이었습니다.
노변 흙바닥에 자리를 깔고
도장 파는 할아버지에게서
나의 이름을 새겼습니다.

돈이 없어서
절반은 외상으로 하였습니다.

그러나 다음 장날에도
그 다음 장날에도
할아버지는 보이지 않았습니다.

나는 나의 이름자를 새긴
도장 값 절반을 갚지 못한
빚쟁이가 되었습니다.

소년시절에 진 빚을
그 할아버지 나이가 되도록
갚지 못한 채 살았습니다.

내가 저승 갈 때
"내 빚 갚으면서 살았느냐"고
할아버지가 물으시면 뭐라고 할까
언어의 춘궁기를 겪고 있습니다.

봄비는

봄비는 오라고
보슬보슬 내리네.

가을비는 가라고
가슬가슬 내리네.

보슬보슬 내리다가
가슬가슬 내리다가
갈 데가 없으면
겨울눈이 내리네.

함박웃음 머금고 오라고
함박눈이 내리네.
매정스럽게 떠나지 말라고
싸락싸락 내리네.

변증법적 변명

하나님, 아버지!
처지를 바꿔서 생각해 보십시오.
당신 같으면 산행을 포기하시겠습니까?

일제에 정신대로 끌려간 처녀귀신들
6.25 때 남편 잃은 떼과부들
마음도 몸도 둘 곳 없는 여인들을
소가 닭을 보듯 하는 족속들이
찬송 부르고 기도하면 천국입니까?

고대광실로 모래성 쌓아올린
회칠한 무덤에서
옷 로비하는 엘리트 권사들
그런 사람들의 모임이 천당입니까?

해군들이 서해바다에서 몰사를 당해도
성경책 찬송가 끼고
모르는 체 눈감으면 천당입니까?

그런 천당을 어디에 쓰겠습니까?
재미없는 천당보다는
재미있는 지옥을 택하겠습니다.

마음이 불편한 교회보다는
마음 편한 산으로 가렵니다.

제가 묻힐 산으로 가서
저의 진액을 빨아먹을 나무에 절하고
영혼의 본향, 하늘에 절하렵니다.

미국 박사

미국 박사가
단군신화를 총질했다.

편협하고 배타적인
한국 민족주의와 함께
단군신화를 폐기해야 한다고.

세상을 이롭게 하는
홍익인간 정신이 무슨 죄를 지었기에
이제는 유효하지 않다고 하느냐.

소 팔고, 논 팔아 가르쳐 놓으니
아비가 똥통을 지고 들에 나가자
달고 들어온 신여성이 누구냐고 묻자
자기 집 머슴이라고 둘러대는 놈,

미국 박사가
제 할아버지를 총질하고 있다.

무심無心 2

꽃비 내리고
꿩이 울고
멧새들 지저귀고

꽃비 맞고
비둘기는 날고

꽃비 내린 뒤
꽃잎 쌓이고
꿩의 울음소리도
꽃잎에 겹치고

멧새 소리
소복하게 쌓인
꽃잎에 떨어지고

꽃비 맞은
비둘기 날고

아스라이 저물녘
동굴 찾아드는 나그네

객창에 번지는
등잔 불빛

무제 3

신동춘 시인은 서정주 시인의 시를 은애하고
서정주 시인은 신동춘 시인의 맥주거품을 즐겼다.

서정주 시인의 시는 상상의 감주지만
신동춘 시인의 맥주거품은 현실의 부활이었다.

맥주의 거품은 혀로 핥지만
그 이후의 이야기는 아는 이가 없다.

본인들도 잘 모를 뿐만 아니라
천지신명께서도 잘 모른다.

아득한 옛날 옛적 호랑이 담배 피우던 시절의
아스라한 지평선상에 피어 흐르는
실연기 같이 아슴푸레한 이야기이므로.

* 2003년 12월 23일 '문학의 집'(서울 남산)에서
'未堂詩脈'의 주최로 열린 「未堂詩의 밤」에.

6. 잣나무 숲길을 걸어요

할머니 솜씨

가진 게 없기 때문에
음식 솜씨를 발휘할 수가 없었다.

그러나
게릴라전에서는 당할 자가 없었다.

집에 들어오실 때 눈여겨 봐 둔
울타리의 애호박을 가늠하면서
시간과 공간을 직조해 갔다.

항아리 바닥을 긁어모은
밀가루 한 주먹으로
칼국수 진미를 만들어 내셨다.

솥에 물을 붓고
아궁이에 불을 지피면서
밀가루 반죽을 하여
칼국수를 만들어 넣은 다음
울타리 애호박을 채로 썰어 넣었다.

김이 안개처럼 피어오를 때
조선간장을 치고 맛을 보면

고량진미가 명함도 내밀지 못했다.

얼굴을 싸매고 다라날 뿐……

개과천선改過遷善

찜통에 쏟아져 들어가다가
빠져나온 고구마 하나가
천더기가 되어 싱크대 주변을 맴돌고 있었다.

어느 날,
아내의 눈에 띤바 되어
공주가 되고 선녀가 되었다.

난초무늬 접시에 담긴 공주께서는
초록 잎 줄기줄기 속잎을 열고
남창南窓 가 커튼에서 햇살을 받는다.

잣나무 숲길을 걸어요

관이 향기로운 사슴이
언제나 삼림욕을 하고 살듯이
우리 가족 친지 모두 함께
잣나무 숲길을 맨발로 걸어요.

온갖 공해에 찌들고 구겨진
심신으로 스며드는 자연의 생기가
탄산동화작용으로 고동치도록
우리 나란히 숲길을 걸어요.

가랑잎을 모아서 모닥불을 피워요.
근심 걱정은 모두 태워버리고
좌절하는 손들을 붙들어 주세요.
평화가 넘치는 축복의 땅으로
모두 일으켜 세워서 인도하세요.

애벌레가 나비 되어 청산 가듯이
꿀벌들이 잉잉대며 꿀을 따듯이
뽕잎 먹은 누에가 비단 실을 늘이듯
지역주민의 여가선용을 위하여
계발과 건강, 복리증진을 위하여
은혜의 복지에서 숲길을 걸어요.

하루

아이스크림을 핥듯이
시간을 핥기도 하고,
쫄깃한 강냉이를 먹듯이
찬란한 햇살을 야금거린다.

동남향 방에서 눈을 뜨면
용마산이 한눈에 보이고
창을 열지 않아도
가슴까지 들어오는 다냥한 햇살,

베란다엔
물 먹음은 화분의 화초들이
올망졸망 노래하고 춤춘다.

눈앞에는
하늘이 있고, 산이 있고
마을이 있고, 화초가 있고
내 앞에 놓인 칠기 상 위의 백지에
하루의 빛을 담는다.

하루가 천년 같은
상징시를 담는다.

지하철에서

마주앉은 아가씨가
책과는 담을 쌓은 채
얼굴만 매만지고 있다.

성형수술을 했는지
어설픈 얼굴 둘레로
붉은 목도리를 휘감은 채
둥근 손거울을 들여다보며
족집게로 눈썹을 뽑는다.

책과는 천리만리
담을 쌓고 사는지
겉 사람 겉멋이 들어서
회칠한 무덤 같은 얼굴을
처삼촌 벌초 중이다.

숲도 없는
민둥산을 보면서
나라 걱정에 혀를 찼다.

천안 삼거리에서

천안 삼거리에서
개구리 소리를 듣는다.

문명의 소리가 동動이요
자연의 소리가 정靜이라면
개구리 소리는 선禪이라고
김규련 선생님이 말하셨던가.

오랜만에
그 소리 듣고 감격한 나는
무질서한 질서 가운데
와선생蛙先生에게 선문답禪問答을 배우는
아직도 까마득한 수강생인가.

천안 캠퍼스에서 밤이 깊도록
시론을 강의하고 나오다가
해일처럼 밀려오는 와선생 시음詩吟에
아아, 나의 시는 아직도 멀었는가
선仙의 경지에 이르지 못한 채
와선생의 청강생이라니……

무질서한 질서들
장단 없는 장단에 마음이 가라앉아
개굴개굴 걀걀걀걀 시경詩境에 들었다.

소 이야기

단기 4340년 12월 23일 오전 10시 10분경
송문헌 시인이 당고개에서
나의 배낭에 풍경을 달아주었다.

앞서 걷는 장윤우 교수는
『월간문학』지에 「뚜벅이 반추」를 발표하여
시 월평 자료를 제공하더니,
송문헌 시인은 나를 소로 만들어 간다.

나도 역시 인생은 소와 같다고
인생길 뚜벅뚜벅 걸어왔으나
맑은 시어를 생산하지 못하다가
풍경을 달고 나니 소걸음이 살아난다.

뚜벅 뚜벅 뚜벅……
산행 길은 인생길이라고.

지문指紋

천상천하에 하나밖에 없는
전무후무한 인간등기 인감도장이다.

하나님께서 생기를 불어넣기 위하여
흙으로 물레 돌려 빚으실 때
제발 섞이지 말라고
물결무늬 빚어 만드신
유일무이한 소우주 상징물이다.

치통

빠삐온처럼
어금니를 뽑아내었다.

나도 어금니처럼
뽑혀 나가게 될 것이다.

의사가 이를 뽑아내듯이
하나님이 나를 뽑아갈 것이다.

무가 뽑혀지듯이
콩나물이 뽑혀지듯이
나도 뽑혀나갈 것이다.

뽑혀나가는 육신은 쓸모가 없지만
마음은 쓸모가 있을까?

신神에게 바칠 나는 어디에 있을까?
동심과 농심과 시심을 찾아
온종일을 헤매었는데도
어디에도 보이지 않는다.

지붕 위로 던진 이를

까치가 물어갔을까?

지붕에서 혼을 부를 때
하나님이 물어 가실까?

개 이야기

성서에는 만물도 탄식한다 했다.
자기들보다도 잘난 게 없는
인간의 입으로 들어가는 것을.

해방이 되었는가 했는데,
독립이 되었는가 했는데,
개들이 몰려와서 결딴을 내었다.

물어뜯고 발라낸 뼈다귀를
물고 뛰는 동서의 개새끼들,

북에서 온 개들이 뼈다귀를 물고 뛰고
남에서 온 개들이 뼈다귀를 물고 뛰고
서에서 온 개들이 뼈다귀를 물고 뛰고
동에서 온 개들이 뼈다귀를 물고 뛰고

언젠가는
한 마리의 개가 뼈다귀를 물고 뛰더니
다음 개가 그 뼈다귀를 가로채어 뛰더니
여러 마리의 개들이 헐레 붙듯 뒤엉켜서
으르렁거리며 빼앗고 빼앗기더니
이러지 말고 적당한 선에서 나누자 하더니

아직까지도 개싸움은 그치지 않고 있다.

주인을 살리고 들불에 타죽은
오수獒樹의 개만도 못한 개들아
쓸개까지 빼어주고 살아온 놈들아
개의 뼈다귀는 개에게나 던져주고
웅족熊族의 곰할머니 쓸개나 핥아라.

나 죽으면

나 죽으면
조선 장닭이 되리.

맨드라미 계관화鷄冠花 머리 벼슬 찬란한 장닭이 되어
기와지붕 수막새에 올라 높이 서서
먼 동 터오는 첫새벽
온갖 잡것들 들끓는 세상에 경종을 울리리.

이 나라 거선巨船의 구멍이 났는데에도
밑바닥에서 물이 새어 들어오는 데에도
저 살겠다고 갑판 위로 도주하는 놈들
고대광실에 호의호식하는 고관대작들에
경종을 울리리라, 울리리라.

한 손이 범죄하면 그 손을 자르고
한 손만 가지고 바른길 가라고
목을 길게 뽑으면서 소리소리 지르리.

꼭기오, 곡기오曲起悟!
목을 빼어들고 소리소리 지르리.

우리나라 좋은 나라

수업을 하다가
우리나라 생일을 물었더니
아는 학생이 하나도 없다.

이건 학교가 아니고 고아원이다.

조상도 모르고
생일도 모르는
고아들만 머리 비틀고 앉아서
피씨방이나 궁리하는 나라

우리나라 좋은 나라.

단군 할아버지 동상
목을 잘라도 되는 나라
우리나라 좋은 나라.

자유가 많아서 좋은 나라
자유와 방종이 함께 사는 나라
우리나라 좋은 나라

할아버지 수염을 뜯어도

아무도 나무라지 않아
간섭 받지 않는 나라
우리나라 좋은 나라

화간

벌이 꽃 속에서 꿀을 빨게 되면
오므라지는 꽃 속에 갇히어 죽는다고
내가 말했을 때
여류작가가 말했다.
자기는 그렇게 죽었으면 좋겠다고.

그렇게 죽여줄까 하고
내 곁의 남류男流가 말했을 때
백마 타고 오시는 임이라야 한다고 했다.

자기가 백마를 타고 오면 되지 않느냐고
그 남류가 말했을 때
그런 왕자가 아니라고 했다.

누군가가 꿈속에서 만날까 하고 물었을 때
꿈속에서는 아무래도 좋다고 했다.

꿈속에서 벌어지는 일
인생도 일장춘몽이 아니냐고 말했을 때
그녀는 차창 밖으로 눈을 피하고 있었다.

미로迷路

　갑자기 어두워진 실내에서 우리는 두 마리 곤충처럼 더듬이 같은 손을 더듬거리며 눈을 뜨거나 감거나 상관없이 여러 형태의 나신들을 더듬거리며 출구를 찾아가고 있었다. 머리에서 어깨로 유방으로, 목에서 턱으로 코와 입으로 더듬거리며 좁은 길을 따라 가면서 가로수처럼 드문드문 서있는 조각상을 더듬으며 나아가던 그녀가 나의 손을 놓치지 않으려고 가끔씩 나의 손을 찾았으나 결국 우리는 출구를 찾으면서 손을 놓치고 말았다. 우리가 서로 손을 놓친 것은 가던 길이 다를 수밖에 없는 공간 미로 때문이었다. 우리는 어디서 왔다가 어디로 가는가. 그녀의 소식은 풍편에 들리다 끊긴 후 어디쯤 가고 있는지 모른다. 어쩌면 어디선가 나상을 더듬으면서 마지막 출구를 찾아가는지도 모른다.

어린 날의 초상 1

축구선수가 되고 싶었다.

운동장 변두리에서
공이 오기를 기다렸다.

어쩌다 꿈에 떡 얻어먹듯
운수 좋은 날 공이 오면
멋지게 찰 수 있기를 기다렸다.

감독의 눈에 들어 선수가 되면
검정 고무신은 운동화로 바뀌게 된다.

닳아지고 찢겨져
꿰매어 신은 검정 고무신이
공을 내지를 때 벗겨져 허공을 날았다.

감독님이
잘 찬다고 눈깔사탕을 주면
동생들과 사이좋게 나누어 먹었다.

다듬잇돌에 올려놓고
다듬이 방망이로 내려치면

사탕도 여러 조각으로 날았다.

그러나 운이 따라주지 않았다.
하늘에 검정고무신이 날고
천장에 눈깔사탕이 깨어져 날았어도
축구선수는 되지 못했다.

어린 날의 초상 2

아버지는 오수 장날
나에게 국밥을 사주시고
당신은 막걸리 한 사발만 마셨다.

“아버지는 왜 국밥을 왜 안 잡수세요?”
“나는 막걸리가 더 좋다.”

“배가 고프잖아요?”
“아니다, 이게 더 배부르다.”

세월이 강물이랑 흘러간 후
어머니가 고기를 못 먹는 줄로 알았듯이
아버지가 국밥을 싫어하는 줄로 알았다.

그랬는데,
그게 아니라는 것을 알게 되었다.
세월이 흘러간 후……

옐로카드 1

소설책을 보면서 빙판길을 걷다가
뒤로 넘어져 머리방아를 찧었다.

피가 끈적끈적 흐르고 있었다.
병원에서 엑스레이를 찍는 동안
책속의 주인공을 떠올렸다.

세계일보사 1억원 당선작의 주인공
미실은 타락의 주범이었다.
남편 있는 여자가
왕과 동침하고 왕자와 동침하고
품행이 방정하지 못한 데도
벌을 받지 않고 있다.

품행이 방정하지 못한 책을 읽다가
머리가 깨지는 건 사필귀정,
하나님의 경고음을 들었다.

옐로카드 2

하나님이 신호를 보내셨다.
베아링이 덜겅거린다고.

유니버셜초인트도 낡았지만
슈가르도 낡아서
연료가 새어 연기가 난다고.

하나님을 대신하여
신경과 의사가 말했다.

육류와 설탕을 삼가고
매주 3일 이상 운동을 하라고.

잠을 충분히 자라는 얘기는
이제는 놀아라는 말인가
나가서 놀아라고 어머니가 말하듯
하나님이 의사 입으로 말씀하셨다.

타락론 2

뒤를 돌아보지 말라.

화려한 러브호텔과
짜릿한 감각시대와
황홀한 주사바늘의
그
약효가 온몸으로 퍼질 때의
소위 죽여준다는 행위의 신음소리
어느
아파트에서 비디오를 보는지
이웃집으로 전파가 출렁이는
그
미련을 돌아보지 말라.

타락론 3

선악과를 따먹지 말라.

에덴동산에 모든 열매는 따먹어도
선악과만은 따먹어서 안 되느니라.

먹음직스럽기도 하고
따먹으면 눈이 밝아진다는
그 선악나무의 열매는
눈물의 씨앗이라고 했느니라.

선악과 열매를
따먹으면 죽는다 했는데,
러브호텔에서
따먹으면 죽는다 했는데,
따먹고 따먹히고 죽었는지 살았는지
눈이 밝아지게 되었다.

약속이 남아있는 데도
애인을 끼고 살 정도로
꽃뱀의 눈이 밝아지고 있다.

황희 정승의 현답

정보의 바다에
더러운 정보들이 떠다니고 있나이다.

"네 말이 맞다."

MBC 'PD수첩'이
'주저앉는 소'를 광우병 소인 양
단정적으로 불을 질렀는데
왜 책임을 묻지 않습니까?

"그 말도 옳다."

마땅히 해야 할 일은 하지 않고
싸움질만 하는 국회의원에도
무노동 무임금을 적용해야 하지 않겠습니까?

"너의 그 말도 옳다."

"왜 옳다고만 하십니까?"
"그 말도 맞다."

돼지의 미소

시산제용으로 팔려온 돼지 머리도
미남이라야 효용가치가 높다.

5천 원만 더 얹어줘도
웃는 돼지머리를 살 수 있다고
여류시인이 말하며 진설을 하고,
남류 시인은 그 입에 푸른 돈을 물린다.

산신령께 절하고
축문을 낭독하는 동안에
보살께서 현현하신 돼지의 입에는
일만원권 지폐가 수북히 물려있다.

돈에 유관심한
보살님께서 현현하신 듯……

봄바람

시 창작 특강 시간에
두 남학생을 좌청룡 우백호로 거느린 여학생이
강의는 듣지 않은 채 딴 짓을 하고 있었다.

무덤도 아닌 것이
좌청룡을 찔벅거리다가
우백호를 찔벅거리다가
죽순처럼 솟아오르기도 하고
뿔나는 송아지 말뚝에 머리를 비비듯
왼쪽 오른쪽 겨드랑이를 찔벅거린다.

스커트는 아슬아슬
봄바람 들어가면 풍선이 되도록
겉멋이 들어서 립스틱은 짙게 바르고
아이새도우는 팔자 사나운 멍 자국
나 팔자 사나운 여자닝께 데려가슈 하는 투로
청상과부 팔자를 때 빼며 광내고 있었다.

송아지 뿔 날 때
머리로 말뚝을 비비듯
두 사내 사이에 비비적거리는
여학생 아슬아슬한 형이하학이 민망해서

눈은 연신 창밖을 내어다보고
창작론 강의는 삼천포로 빠져나가
구사일생으로 살아와서는
제자리 찾고 칠판을 닦으면
뿔 난 송아지 엉덩이에서 잡초가 나더라.

부부친선탁구

이 삼층천 낙원에서
우리 친선탁구를 해요.

우리 손에 들려있는
탁구공은 작은 공이 아니라
우주 천체를 왕래하는 행성,
하늘에서 혈관에서 펄럭이는 깃발,
바다에서 출렁이며 애무하는 파도
우리는 생명의 씨앗이에요
우리는 사랑의 용광로에요.

우리 서로 꺼지지 않도록
증조 고조 상고조 할머니처럼
쑥과 마늘로 거듭나신 곰할머니처럼
가족의 불씨를 꺼뜨리지 말아요.

해와 달이 넘나들고
밀물과 썰물이 왕래하듯
잘 주고 잘 받는 탁구공에서
터득하는 자전과 공전
해와 달이 가고 오고
달무리 해무리 반지를 끼우는
꺼지지 않는 불씨이게 해요.
꺼지지 않는 사랑이게 해요.

몸살 앓는 나무

명주 비단 만든다고 잎을 따가고
뽕잎차 만든다고 잎을 따가고
약재로 쓰겠다고 뿌리까지 캐가면서
밑거름은 하는 둥 마는 둥
선머슴 미나리 다듬듯 하는 바람에
몸살기가 떠날 날이 없었다.

새끼들은 저절로 큰 줄 알고
제자들은 스승의 깊은 속도 모르고
신문마다 눈 충혈 되게 하고
텔레비전은 바보상자,
스트레스만 쌓이게 하여
동맥경화에 협심증에 뇌경색까지
늙은 뽕나무도, 소나무도 명이 다 되었다.

7. 바람은 청보리 밭으로

사랑하기

병아리 같은 여학생들
아이스크림을 핥아먹듯이
시골 처녀들 그믐밤에
수밀도 껍질을 벗기듯이
우리 조용조용히 말해요.

정열의 거품이 꺼지지 않게
그리움의 허기 바뀌지 않도록
비밀스런 잡곡밥 눌러 담아요.

우리 말할 때는 들리지 않게
누른 밥 같은 비밀 은근히 태워서
식지 않는 조선 막사발 같이
아무도 거들떠보지 않게
암유와 상징의 꽃다발 한 아름
가슴 깊이 숨기기로 해요.

우리는 언제나
영양이 풍부한 과즙으로 말해요.

세상의 음성언어 대신에
신의 언이로만 가려서 말해요.

얼굴의 표정과
입술의 각도만 보아도
무슨 말을 하는지 알 수 있는
봄바람의 목소리로만 말해요.

청산도

천천히 사는 법을 배운다.

훈훈한 정이 그리워
느릿느릿 섬을 찾는다.

분침처럼 시침처럼
아니, 지렁이나 달팽이처럼
서편제 가락으로
진도아리랑 가락으로
돌담길을 돌아
유채꽃 밭에 파묻힌다.

청보리 밭엔 이삭이 알을 배었다.
봄바람은 청보리 밭으로
환장하게 열오르는 자운영 밭으로
유채꽃밭으로 파도타기를 한다.

청보리 향기에 취하고
유채꽃 향기에 취하여
비틀비틀 지그재그로 휩쓸린다.

돌담 안에서는 소와 함께 살다가

돌담 밖에서는 유채와 함께 산다.

청보리 바람이랑……
자운영 바람이랑……

연주聯珠

소련 어느 귀족이 미국에게
1평방 킬로미터 당 5불씩 받고
팔아먹은 금싸라기 땅으로
경비행기에 실려 한 시간을 가면
에스키모가 살던 코디악 섬이 보인다.

알래스카 코디악 섬은
우리가 탄 경비행기를 안아 들이고
박제된 곰도 마중을 하고
빙산이 녹아내리는 빙하氷河,
검푸른 바다는 우리들의 보트를 받아들이고,

나는,
나보다 더 큰 물고기를 낚아 올리고,
그 할리벗(광어) 새끼 내장을 들어내고
잘 든 식칼로 회를 칠 때
수백 수천의 갈매기가 내장을 물고 뜨고,

어느새 날아왔는지
갈매기를 나꿔채는 아메리카 독수리
에스키모 옷자락처럼 펄럭이더니
빙산 같은 바위에 내려앉아 나를 본다.

하늘은 둥글고,
바다도 둥글고,
둥근 갈매기와 독수리의 눈,

조선고추장에 회를 찍어 먹을 때
그녀 입술과 진주목걸이,
둥근 해가 떠있었다.
역시 우리들, 둥근 머리 위에서.

신열하일기新熱河日記

짚신을 수없이 떨어뜨리며
한 달이고 두 달이고 걸을 것 없이
두 시간도 안 되어서
아들 사는 집을 찾았다.

비행기는 고공高空 3만 3천 피트
견우직녀가 칠월칠석에 만났다는
오작교를 지나서
하늘에서 오줌 누고 내린 열하 땅
베이징 공항에서 측간厠間에 들렀다.

저녁은 한식韓食의 세계화에 앞섰다는
수라온禧萊恩에 가서 저녁을 먹는데
조선시대 궁중12접 수라상을 기본으로
현대식으로 재구성한
매란국죽수복梅蘭菊竹壽福의 여섯 코스 메뉴에
일생일대 식도락食道樂을 즐겼다.

다음 날 노사다관老舍茶館에서는
중국의 전통음악과 기예技藝를 보았는데
마술에서 서커스까지
온고지신을 살려내고 있었다.

저녁은 북한식당 옥류관에서
무희舞姬들의 춤과 노래는 안주라지만,
먹을 만치 시켰는데, 자꾸 더 주문하라고
억지로 매상 올리려는 저녁을 먹어야 했다.

소금

하늘의 태양과
바다의 염수가
한 몸이 되어 증발한 후
남긴 사리의 화신이 빛난다.

바다 뿌리가 달려온
백마 떼 물비늘
방파제에 부딪치고
어스러지면서 포효한다.

온몸으로
부패를 막아야 한다고
태양과 바다의 아들은 언제나
증발의 뿌리를 남겨야 한다고.

소금은 바다의 입방체
뿌리로 태어나서
영원한 사리로 반짝인다.

절대사랑

말세에
사내다운 사내가 있었다.

시할아버지 문둥병 피고름 수발하다가
문둥이 되어 떠나간 아내를 찾아
전국 방방곡곡 찾아 헤맨 사내가 있었다.

반짓고리에 구구절절
남편 봉양 못하고
떠납니다, 떠납니다, 이내 몸은 떠납니다.

두루마리 편지 써놓고 떠난 아내 찾아
미친 듯이 찾아내어 살림한 사내가 있었다.

나병환자촌 철조망 가에서
풀을 매는 아내를 데려다가
선산 자락에 움막을 짓고 산 사내
아내와 함께 살림 차린 사내가 있었다.

미수米壽

아버지는
밥이 입에 들어오기까지는
여든 여덟 번 손이 가야 한다고
쌀 미米자를 말씀하셨다.

아버지 말씀대로
밥풀 하나 버리지 않고
싹싹 긁어먹는 버릇이 생겼다.

소년시절에 너무 배가 고파서
음식을 남기는 법이 없었다.
꿈도 꾸지 못한 음식들,
고량진미를 어찌 버릴 것인가.

그렇게 살다 보니
과체중에서 비만이 되고,
동매경화에 협심증,
뇌경색까지 안고 살게 되었다.

쌀을 천대하는 사람은 미수米壽도 더 사는데,
쌀을 사랑하는 사람은 명이 짧아지는
역설의 세상이 같잖다.

보쌈

삼겹살인가 오겹살인가
부드럽기 이를 데 없는 양돈 나신裸身에
젓가락을 줄기세포 다루듯 접근해 간다.

머리에서 발끝까지 씌우는 포대는
해묵은 갓김치 한 자락—
멍석말이하듯 김밥 말이 하듯 돌돌 말아서
한 입에 넣으려는데 청상이 생각난다.

전생에
하늘나라 선녀 집에서
데릴사위 머슴을 살았다고 치자
성례는 올려주지 않고 일만 시키는
옥황상제에게 대들지는 못하고
묵은 김치 잎사귀에 돌돌 말아서
한 입 꿀꺽 시치미를 떼었느니라.

딱따구리

죽도록 쪼면서 다듬는다.
낮이나 밤이나 시시때때로
조탁의 시론을 펼치는 그대는
부리로 뚫기도 하고 어루만지며
자기가 뚫은 구멍에서 자기도 한다.

딱딱딱딱—
따구르르— 따구르르—

상처가 아물어 집이 되는
구멍으로 바람이 새거나 말거나
고목이 사색을 하거나 말거나
가슴을 쪼아 산천을 울리면서
나이테를 드러내어 부끄럽게 한다.

딱딱딱딱—
따구르르— 따구르르—

선량

허울 좋은 개살구는
눈살을 찌푸리게 하거니와
넥타이 얌전히 맨 하이에나는
개뼈다귀 물고 뛰는 톱날

그것은
책임의 넥타이가 아니라
언젠가는 묶여가야 하는
숙명의 자승자박

뼈다귀 물고 뛰는
하이에나들의 이빨이
의사당 지붕처럼 번쩍인다.

꽃잎의 이슬처럼

사람이 싫어지거든
세상이 싫어지거든
법을 믿고 따르거라.

예수의 성경법聖經法
석가의 불경법佛經法
공자의 유교법儒敎法
노자의 도덕경道德經을 따르고

비바람이 불면 부는 대로
햇볕이 나면 나는 대로
대자연의 숲길을 걸으면서
허허실실虛虛實實 웃으면서
꽃잎의 이슬처럼
모름지기 가는 거란다.

더하기와 빼기

편지 한 장 없던 사람이
추억을 기억하느냐고 물었다.

기억을 꼼지락거릴 것도 없이
기억에 없다고 분질러 말했다.

그렇게도 생각이 나지 않느냐고 묻기에
되살아나려는 추억을 짓밟아버렸다.

편리할 대로 살다가
가볍게 묻는 말에는
더할 것도 없고 뺄 것도 없었다.

희미해 가는 기억을
안개 저쪽으로 떠내려 보낼 뿐…

부화과정孵化過程

계란의 부화과정은
총천연색 시네포엠
생명창조가 급선무다.

수천수만
명주실 같은 핏줄을 확대하면
천만 줄기 강물이
인체 사지백체
천지 사방으로 휘돌고,

날개 죽지 생겨날 때는
천만 줄기 산맥이 휘돌고
낙원 삼층천, 여래의 도솔천
미세한 청진기를 대지 않아도
숨을 쉬는 우주가 다가온다.

사중주四重奏 2

─선문학원 신년 모임, 리틀엔젤스회관에서─

달빛이 풀잎을 연주하듯
바이올린이 죽림 속을 누비고 다닌다.

토란잎에 물방울이 춤추듯이
손가락이 휩쓸고 지나는 피아노 건반
은빛 피라미 떼 호수 물을 튀긴다.

호숫가에 모닥불을 피우는
첼로의 우아미優雅美……
소녀의 손끝에서 인정이 넘쳐난다.

피아노에서 떨어져 내리는 물고기들이
바이올린에서 떨어진 달빛을 물고
첼로의 호수 속 수초 사이를 유영한다.

지상의 여린 손들이
천상의 악보를 연주하는
리틀엔젤스는 화음和音하는 화원
소리가 별들처럼 반짝인다.

우리는 세계 인류 평화 위해 노래한다고

우리는 하늘나라 시민으로서 춤춘다고.

노숙자

빌딩의 숲길을
청소차가 지나간다.

숨진 조개처럼 입을 벌린
청소차 꽁무니에
몽당 싸리비 하나 실려 간다.

시골 같으면 닭이 우는 시간
골목 구석구석 쓸고 쓸다가
이제는 더 이상 쓸어 지지 않아
버림받은 몽당 싸리비
몽당연필을 떠올리게 하며
노숙자 하나 실려 가고 있다.

불협화음 1

나는 클래시시즘을 선호하고
아내는 모더니즘을 좋아한다.

나는 쌍화차를 선호하고
아내는 커피를 좋아한다.

내가 마시는 쌍화차는 건강에도 좋지만
아내가 마시는 커피는 불면증의 독이다.

설탕으로 쓴맛을 속여먹는 커피에
진실이 들어있을지 만무하지.

내가 편하게 잠 든 사이
아내는 쥐약 먹은 생쥐처럼
밤새도록 발발 떨 것이다.

불협화음 2

별 일 없어?
전화는 왜 해욧?

궁금해서 한 게지.
밤새 죽었는지 살았는지 확인하는 거예욧?

전화할 필요가 없겠군.
전화는 뭐하게 해욧?

편하게 되었군.
눈감으면 편하지요.

용마산 4보루에서

돌무더기 위에
하얀 팻말이 꽂혀있었다.

목탄木炭과 함께
유실된 부토층이 드러나고
암반토가 무릎 뼈를 드러내고 있었다.

회흑색 연진토煙塵土는
전장의 참상을 설명하고 있었다.

그것은 삶과 죽음의
갈림길을 소리치고 있었다.

조각난 대형 항아리들이
철제 화살촉들과 함께

부서져 나동그라진
대상臺上 파수막把守幕 곁에 잠들어 있었다.

용마산 7보루에서

고구려 병사가 쌓아올렸던 성벽을
신라 병사가 쌓고 있었다.

자기 땅 지키겠다고
쌓아 올리고 올리고

피를 흘린 후
무너진 성벽을
신라 병사가 쌓아 올리고 있었다.

지뢰지대에서 2

정전停戰의 그늘에서
땅 속에 숨은 살인귀들이
어린이들에 날을 세우고 있다.

뾰족한 삼각의 날을 세우고
어린 꽃을 피우는 것은
인간이 만들어낸
인간 파괴의 살상무기.

전 세계에 묻혀있는
2억 개의 대인지뢰는
25분마다 한 사람씩 살상하고
한반도 비무장지대에서는
아들 손자 3대의 수난도 있다.

민통선, 비무장지대라 하드만,
밭에서 일하다가 허릴 펴며 보니까
근처에 고사리가 지천이더라구.
한창 고사리를 뜯는데 갑자기
뻥튀기 소리에 정신을 잃었어.

지뢰에 다리를 잘린 것도 모자라
아들, 손자까지 잃어버리고
나만 이렇게 의족義足으로 산다네.

정규직과 비정규직

고기를 써는
푸줏간 널빤지 위에서
비만의 사내가 웃통을 벗은 채
낮잠을 자는 사이에,

널빤지의 피 냄새를 맡은
바깥의 파리들이 잉잉거리며
안으로 들어오려고 하자

안에 있던 기존의 파리들이
실내로 들어오지 못하도록
공중전을 벌이고 있었다.

풋대추 싸가지

이효석 고가를 벗어나다가
메밀밭 가를 걸어 나오다가
익지도 않은 풋대추를 따먹는 여류들에게
아프지 않을 만큼 쏘아주었다.

아직 익지도 않은 소녀들을
따먹으면 어떻게 되겠느냐고,
당신이 익지도 않을 때
누가 따먹는다면 어쩌겠느냐고.

과수원 탱자나무 울타리
익지도 않은 탱자를 따먹으려고
막대기로 마구 쑤셔대듯이
군부대 주변 마을 처녀들은
씨가 마른다는데……

그래도 운이 좋은 소녀는
첫 남자와 아이 낳고 살지만
따먹히다가 채인 여자는
도시 다방으로, 섬의 술집으로
팔려 다니다가 마른 탱자가 된다오.

감나무 잎사귀

윤기 자르르 뻔뻔스럽다.

노을빛으로
화냥질하고도 뻔뻔스럽다.

가을 깊으면 깊을수록
힘없이 떨어지면서도
새끼들을 옹골차게 주렁주렁
나 보란 듯이 온 하늘 휘젓는
얼굴 두꺼운 후안무치,

비밀을 시침 떼고
딴전을 부린다.

윤기 자르르 머리 빗고
코맹맹이 소리로 노을이 붉다.

바람 잘 때도 떨어지는 목숨
새끼들 주렁주렁
꽃상여도 눈이 부시다.

착각도로에서

등 뒤에서 들려오는 하이힐 소리
또각 또각 들려오는 그 소리에
뒤를 돌아보지 말라.

곁눈질도 말고
마음 두지 말고
은근 슬쩍 눈치껏 스치다가도

제대로는 보지 말고
저승에서라도 다시 한 번
거짓말처럼 만나기로 하세.

천상의 손가락

천상天上의 음율音律이
지상地上의 손가락 끝에서 꽃핀다.

현을 켜는 손가락들
풀잎의 활로 대자연을 켜면,
합수合水하는 화음이 평화를 연주한다.

지상천국과 천상천국을 꿈꾸는
세계 인류 평화 위해 노래한다고,
달빛으로 풀잎을 연주한다고,
바이올린이 호수를 깨우면,
피아노 건반에서 튀어나온 피라미들
은하수를 유영遊泳하고,

새털구름, 조개구름 사이에서
만월滿月을 켜는 첼로는,
검푸른 밤하늘을 포옹한다.
천상지상 신비의 손가락에 꽃피는
여명의 계명성鷄鳴聲을 예감하는 듯…

—2006년 1월 14일, 학교법인선문학원 신년모임 四重奏,
리틀엔젤스예술회관에서—

8. 풀잎을 연주하는 달빛

탱자

나이 들수록
은은한 향기 가셔질 줄 모르고
저녁노을 아름답다 하던데,
늙고 병들면 쭈구렁 바가지 되는가보다.

시큼한 향기 진동할 때는
경대鏡臺 위에서 책상 위로
황진이처럼 서화담처럼,
찬란한 계절도 있었는데……

늙고 병들자
일락처日落處가 문밖이다.
제자들은 많으나
아무 말도 위로가 되지 않고
노을 시들자 적막강산이다.

花子

네 살 때인가
다섯 살 때인가
아지랑이 가물거리는 기억 속에
노래하는 소녀가 있다.

"정이월 다 가고 삼월이라네." 하고 노래하다가
"아 산이 막혀 못 오시나요?" 하고 부르던
그
어미 잃고 길 잃은 소녀는
노래가 끝날 때마다 어른들이 주는
돈을 좋아했었다.

"어머니 아버지 저기 보셔요.
저 건너 아이들을 바라보셔요.
검정 치마 흰 저고리 책보를 끼고
학교에 가는 것이 부러워요"
노래 부르던 그녀는
돈을 따라서
철새처럼 슬피 울며 떠났다.

울엄매는

울엄매는
요새 젊은것들 말끝마다
사랑 사랑 사랑 사랑
말끝마다 사랑한다는 헛소문 같은 것은
퍼뜨리지 않았다.

아궁이에 솔가루 불을 지펴서
아침을 지을 때면
달걀의 노른자처럼
솥에 앉힌 보리 가운데 쌀 한 줌을 넣었다.

그 쌀밥은 도시락에 담고
나머지 보리밥을 뒤섞으면서
"큰애가 잘 돼야 한다."고 했다.

폐섬유화증 1

삼겹살인가 오겹살인가
불에 탄 고기를 먹지 않던 내가
아무렇지도 않은 듯이 먹곤 했다.

주는 대로 술을 마시다가
꾸벅꾸벅 졸다가
깨어나면 숯 깜부기 고기를 먹곤 했다.

나도 이제는 살만큼 살았으니
아무 때나 가도 좋겠다고
바람처럼 가는 대로 맡기기로 했다.

아내가 먼저 가게 되면
나도 뒤따라가리라고
안 하던 짓을 하면서부터
내 몸 속 인체세포들은 일제히 불을 켜고
반란을 일으키는 모양이었다.

토종 송아지

우리 집 토종 송아지가 커서
제 짝을 찾더니
토종 송아지를 낳았다고 전화가 왔다.

손녀 딸아이의 이름을 지었다고
셋 중에서 하나를 고르라기에
평범한 이름을 골랐더니
끝내 듣지 않는다.

비범한 이름으로
비범하게 키우겠다고
나의 평범을 분지른다.

아가, 아기야
비범도 좋다마는 세상을 아느냐
비범은 정을 맞기 쉽고
평범은 안전제일주의니라.

토종 송아지는 토종 송아지답게
토종 소로 키워서
초식草食의 나라에서 살아야 하느니라.

토종 송아지가 화사花蛇를 먹으면
꽃을 피우는 게 아니라
개기름을 흘리느니라.

아무 말 말고
내가 시키는 대로
평범한 비범함을 찾아야 하느니라.

千 鶴

2002년 신년 카드에서
시각과 청각을 붙들고 놓지 않는
연날리기와 흐느끼기와
새들은 하늘 높이 날아도
세상에 매어 있는 끈을
감격시대의 귀를 열고 보았다.

무슨 슬픔이 있기에
무슨 고통이 있기에
가슴 지미도록 저미도록
깊은 땅 속에서 울려오는
호남평야 징의 울림소리

징이 종으로 우는 거냐
백제의 설음 씹으며 우는 거냐
눈이 너무도 시리고
속이 너무도 떨려서
컴퓨터도 그 큰 눈을 감더라.

워커힐 쇼

소나무에 걸린 달이
은하수를 배경으로 내려오는 가운데
부채춤은 꽃이 되고
꽃들은 달이 되고
머리 풀어 헤친 달은
박 덩굴 너울거리는 울타리
소잔등 구풀거리는 용마루여.
노송 밑에 울리는
징소리 북소리 지신 밟는 소리여.

상징

하늘로 치알 세운
산봉우리가 사정을 하면
용암이 난자처럼 불을 뿜으며
지글지글 흘러내리다가
용액이 굳어져 바위가 되듯,

산자락에 누워서 자고 깨는
대지에 뻗은 농부의 뿌리에서
아이가 태어나고
우거진 숲에서 샘솟듯
생육과 번성이 벌어진다.

노동조합

고기 써는
푸줏간 널빤지 위에서
비만의 사내가 웃통을 벗은 채
낮잠을 자는 사이에,

널빤지의 피 냄새를 맡은
바깥의 파리들이 잉잉거리며
안으로 들어오려고 하자

안에 있던 기존의 파리들이
실내로 들어오지 못하도록
공중전을 벌이고 있었다.

흙

밟히면 밟힐수록 풀잎으로 일어나고
밟히면 밟힐수록 춤사위로 일어나고
밟히면 밟힐수록 징소리로 일어나는
동학난병의 몸짓들……
죽어서 사는 법을 가르친다.

밟으면 밟을수록 흙속으로 들어간다
밟으면 밟을수록 무덤으로 들어간다
밟으면 밟을수록 지옥으로 들어간다
젖을 물린 어머니의 젖무덤……
완만한 동작으로 식사를 하신다.

선

초성인 동시에
종성인 글자 병신이
세상 어디에 또 있습니까?

컴퓨터로도
만들 수 없는 글자,

한글 제자 원리의 기본에
어긋난 그림을 가지고
대학 이름 첫머리에 내세운
그런 일이 가당합니까?

세종대왕께서 보시면
통곡을 할까요, 웃으실까요?
어디 한번 맞춰보세요.

보행步行

신혼 때는 나란히 걸었었다.

아이 낳고 살 때는
저만치 앞서 가곤 앞서 가곤 하였다.

나의 걸음은 빠르고
아내 걸음은 느려서
앞서 가다 기다리곤 하였다.

세상 사는 동안
우리의 간격은 넓어지기도 하고
좁아지기도 하였다.

신혼 때는 이인삼각二人三脚,
보조를 맞추려고 애썼는데
피아노 줄처럼 느슨히 풀어졌다.

행인들을 위해
나란히 걸을 수는 없고,
떨어지기 싫어하는 아내를 위해
이제 늘그막에는
내가 아내의 뒤를 따른다.

결국
아내는 나를 사육하고
나는 아내에 길들여지고
제자들은 나를 보고 웃는다.

나의 철학도 모르면서……

돌연변이

술은 마시지 못해도
중세기 미녀처럼
풍신한 둔부와 유방이 매력인
나폴레옹 코냑 병을 갖고 싶었는데,

빈 병이라도
그 미녀를 관상하듯이
동첩처럼 서재에 두고 싶었는데,

어느 젊은 건달 하나
내 아들아이와 싸움 끝에
그 양주병을 깨뜨려
내 아들아이를 찔렀다.

내 아들아이는
아비가 돈을 주지 않으니
아르바이트해서 유학 간다고
돈 벌다가 시비가 붙은 일.

얼굴 한 켠
귀 쪽에 불두칠성 줄금으로
일곱 바늘을 꿰매는 것을 보고
중세 미녀를 싫어하게 되었다.

바보상자

이제는 바보상자에 제사를 지낸다.

KBS는 코리아 바보새끼
MBC는 멍텅구리 바보새끼
최첨단 상자에서는 바보 족만 산다.

바보상자를 등에 업고
지체 높은 선량들 거동 좀 보소
소위 대표라는 나으리께서
불법촛불집회에 대한
경찰진압을 언급하면서
"경찰이 시민들에게 직접 위해를 가해
보복하는 단계다.
이 정부는 국민을 적으로 생각하고 있다."고 말하자,
공동대표와 원내대표, 정책위의장이
고개를 끄덕여 공감을 표시했다.

흘러가는 물에 떠내려가는
썩어빠진 고래들이여
위선의 썩은 내 물씬 풍기는 고래들이여
촛불시위 편승해서 장외투쟁 선언하고
쇠고기 재협상 요구를

18대국회 개원협상카드로 쓰기 위해
잔머리 굴리는 썩은 고래들이여!

불난 집에서 튀밥이나 주워 먹으려고
얄팍한 잔머리 굴리는
썩어빠진 고래들의 바보상자여
너는 차라리 태어나지 말았어야 할 것을
전기문명이 원망스럽도다.
그래서 바보상자에 제사를 지낸다.

한강

태를 버린 강물 위로
콘돔들이 떠내려간다.

북한강 러브호텔에서 나온
인간쓰레기들이
피임을 선언하면서부터
신神은 후회가 막심했다.

오염된 물에 젖은 역사책을
햇볕에 말린다.

티눈

나의 발에도
저승꽃이 피는가.

과적한 몸무게를
십자가처럼 이고 지고
한평생 편력遍歷하는 동안
앙금이 진주알 되어
관솔이 박혔는가?

손톱으로 뜯어내고
송곳으로 파내어도
가셔지지 않는 밑바닥 고집,
저승꽃으로 남는가.

푸줏간 파리들

피 묻은 널빤지에서
주인은 낮잠만 자고,

로스구이용 고기를 벤 채
늘어지게 낮잠만 자고,

피 냄새를 맡은 파리들이
공중전을 벌이고 있었다.

푸줏간을 점령했었던
왼쪽 파리들이 쫓겨간 후
오른쪽 파리들이 점령했으나
자리를 잡지 못하여 혼란스럽다.

왼쪽 파리는 빼딱하고
오른쪽 파리는 부패했지만,
겪어보니 도토리 키 재기다.

왼쪽 파리도 썩었고,
오른쪽 파리도 빼딱하다.

말파리 소파리 피파리 쉬파리

집파리 양파리 금파리 검정파리
온갖 더러운 오물들 다 몰아다가
피에 버무려 썩은 내 피우는
국회의사당을 방불케 했다.

흐름에 대하여

아버지는 편지투에서
세월은 유수와 같이 흐른다고 했거니와
나쓰메 소세키는
정이 많으면 흘러버린다고 했다.

물이 되어
밑바닥을 기면서
흘러내린다고 했다.

정이 많은 조선은
일본에 흘러갔고,
몽골에 흘러가더니
지금은 돈에 흘러가고 있다.

인상印象

환상 속에서
얼굴 도장을 찍는다.

결국
인생이란 이승에
얼굴 도장 남겨놓고 떠나기
희로애락이 인상으로 남는다.

실제로 착각하는
환상 속에서……

결국
바람은 가고
낙엽만 남는다.

하늘 아래
땅 위에.

버드나무 마을

산발한 여인들이
개울물에 머리를 감고 있었다.

헝클어진 머리카락을
물그림자 드리우며
목숨과 바꿔먹고 있었다.

밤낮으로
죽었다가 깨어나는
버들잎 물방울
살고 죽으면서 흘러가고 있었다.

철들기

지하도 층계를 내려가다가
다시 오르다 말고
지나온 길을 저만치 되돌아본다.

거기,
할머니만한 노파가
죽은 듯이 누워있었다.

잔칫집에 가시면
빈손으로 오시지 않는 할머니가
저만치 나를 바라보고 있다.

고향집
선산 할머니가 눈에 밟혀서
지폐를 꺼내어 주고 돌아섰다.

인왕산

인왕산 호랑이는 내려오지 않았다.

60년 만에 찾아온 경인년 백호白虎 맞아
인왕산을 오르는데
124군부대 청와대 습격 흔적이
능선마다 보였다.

빗발치는 총탄에 벌집처럼 구멍이 난
소나무들이 시멘트 붕대를 감고 있었다.

호랑이는 내려오지 않고
북에서 내려온
승냥이들의 흔적만 보였다.

제주도에서

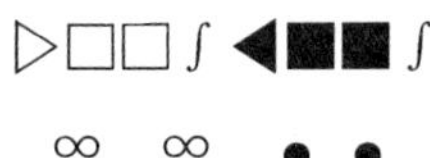

정론직필正論直筆로 가락을 펴자

세상이 떠는 소리를 내는 까닭은
세상이 미친 소리를 내는 까닭은
세상이 죽는소리를 내는 까닭은
마치
물레로 자은 실을 쇠꼬챙이,
물레의 가락이 휘어 있기 때문이라고
가정신문은 당당히 말해야 한다.

지사志士다운 정론正論으로 말하고
선비다운 직필直筆로 말하되
지조를 지켜온 송죽松竹 같이
공명정대公明正大하게 말해야 한다.

송죽松竹이 하늘을 우러러
부끄러움 없이 푸른빛을 지키고
빈 마음으로 사심을 몰아내며
엄동설한에도 향기를 팔지 않듯
굽어진 세상의 가락을 펴야 한다.

물레의 가락을 펴면 펼수록
부드러운 화음和音으로 울려나오나니
가정신문 새 활자에 꿈을 심자.

세상이 아무리 어지럽다 할지라도
가정이 아무리 붕괴된다 할지라도
노하거나 통분하지 말고
물이 깊은 강이 고요하듯이
수심강정水深江靜 늠름한 흐름의 귀와
홍익인간의 눈으로 세상을 바라보며
휘어진 가락을 곧게 펴나가자.

부모의 심정으로 살되
종의 몸으로 받들어 모시고,
바른 말 똑 부러지게 하되
교만하지도, 아첨하지도 말며,

위무威武로도 굽힐 수 없고
영달榮達로도 달랠 수 없는
가정의 권위를 세워나가도록
우리 모두 기원하고 있다.

물레가 부드러운 소리를 내듯
세상이 부드러운 소리를 낼 때
반목의 눈도 제대로 돌아오고
아부의 혀도 제대로 돌아오고

뻔뻔한 목도 제대로 돌아오고
반칙의 주먹도 제자리로 돌아가나니

잠든 이의 가슴마다 징을 울리어
대동大同과 평화의 아침을 여는 신문,
불의를 장작 빠개듯 빠개는 신문.
오탁汚濁의 시궁창을 정화하는 신문,
세상을 바로 펴서 거듭나게 하는
새 희망의 태양으로 떠오르기를
우리 모두 다 함께 축원하고 있다.

적조현상赤潮現象

초판 1쇄 인쇄일	2010년 10월 14일
초판 1쇄 발행일	2010년 10월 15일

지은이	황송문
펴낸이	정구형
총괄	박지연
편집 · 디자인	이솔잎 채지영
마케팅	정찬용
관리	한미애 김민주
인쇄처	은혜사
펴낸곳	국학자료원

등록일 2006 11 02 제2007-12호
서울시 강동구 성내동 447-11 현영빌딩 2층
Tel 442-4623 Fax 442-4625
www.kookhak.co.kr
kookhak2001@hanmail.net

ISBN	978-89-279-0100-6 *03800
가격	19,000원

* 저자와의 협의하에 인지는 생략합니다.
  잘못된 책은 구입하신 곳에서 교환하여 드립니다.